zwischen-europa-erzählt

Alina Malinova, Jahrgang 1972, studierte Osteuropäische Geschichte sowie Sprach- und Literaturwissenschaft und lebt und arbeitet bei und in München. Skizzen, Erzählungen und Gedichte erschienen seit 2007 auf Deutsch, Russisch und Estnisch.

Alina Malinova

Irgendwie doch ...

Erzählungen
in berichtender Prosa

Impressum:
Malinova, Alina: Irgendwie doch … : Erzählungen in berichtender Prosa / von Alina Malinova,
Herstellung: und Verlag: BoD – Books on Demand, Norderstedt, 2016
© Alina Malinova, 2016

ISBN 978-3-7412-5370-6

Die Erzählung vom Morgenstern

„Was ist das?" „Ein Stein." „Und weiter?" „Ein schwarzer Stein." „Und wenn ich ihn jetzt in die Hand nehme, sie ganz langsam um ihn schließe (wie eine fleischfressende Pflanze ein gefangenes Insekt), ihn fest in der geschlossenen Hand halte und dann ganz langsam meine Faust wieder öffne. Was dann?" „Eine Gestalt, zu Stein gepresst in deiner Hand." „Woher weißt du das?" „Weil ich dich kenne, dich so oft beobachtet habe, weil ..." „... weil dies eine Geschichte ist." „Eine Geschichte?" „Ja, die Geschichte vom schwarzen Stein." „Erzählst du sie mir?" „Warum sollte ich?" „Weil ich sie hören will." „Und warum?" „Weil es deine Geschichte ist ... und vielleicht auch meine."

Im Grunde ist sie eine ganz gewöhnliche Geschichte, nur dass sie sich Jahrhunderte um Jahrhunderte, Generation um Generation wiederholt und vor allem aus der Sicht dieses Steines erzählt werden müsste. Kompliziert, nicht?" „Nein, gar nicht. Was ist das also für ein Stein?" „Ein schwarzer Stein – oder um genauer zu sein, zwei halbe schwarze Steine, die vor Urzeiten eine Schnecke in sich einschlossen. Jahrtausende später hob ihn ein Mensch aus Hunderten von Steinen auf, nahm ihn in die Hand, wunderte sich über seine rundlich ovale Form und steckte ihn in seine Tasche, um ihn sich später in Ruhe zu betrachten. Denn hier in dieser Steinlandschaft war ihm keine Zeit, auch nur eine Sekunde länger zu verweilen." „Warum?" „Es war Krieg. Einer dieser unzähligen Kriege, die in diesem Landstrich wüteten, von dem ich erzähle." „Und weiter?" „Die Schar, die dieser Mensch anführte, ritt weiter; immer weiter nach Süden in ein Land der tausend und abertausend Augen – eine Blutspur zurücklassend, die nur noch deutlicher wurde im Schein brennender Dörfer und Höfe. Kriege sind grausam, zerstörerisch, unmenschlich. Und doch gibt es in ihnen immer auch einen Funken menschlichen Fühlens.

Ein Dorf, irgendwo in der Nähe einer alten Fürstenstadt; und die Menschen flohen vor den feindlichen Kriegern. Alle. Nur eine Magd war zurückgeblieben. Warum? Vielleicht weil sie übersehen worden war in all dem Durcheinander der überstürzten Flucht. (Wie auch, da sie eigentlich nirgendwo hingehörte und vielleicht – wie sagen – nicht ganz normal zu sein schien.)

Dunkel war es schon fast geworden, als die feindlichen Reiter das Dorf erreichten. Lärm, Gedränge, Geschrei und der Rote Hahn erleuchte schon bald die angebrochene Nacht. Und mitten auf dem Weg durch das Dorf, unbeachtet von allen, diese Magd, von der ich sprach. Eine Schattengestalt, unwirklich in all der Wirklichkeit um sie. Da trat einer der Soldaten, eben jener besagte Rittmeister, zu ihr, vielleicht ein wenig verwirrt ob der ganz und gar unerwarteten Begegnung. ‚Wie heißt du?' ‚Halina.' ‚Und was machst du hier?' ‚Ich spiele.' ‚Du spielst?' ‚Ja.' ‚Womit?' ‚Mit Steinen.' ‚Mit Steinen?' ‚Ja, sie verstehen mich.' ‚Wer?' ‚Steine.' ‚Wer versteht dich sonst?' ‚Tiere, Pflanzen ...' ‚Und Menschen?' ‚Nicht.' ‚Woher weißt du das?' ‚Sie wollen nichts von mir wissen. Sie verstehen mich nicht, sagen immer nur zueinander: Lasst die dumme Halina – die ist nicht ganz normal im Kopf; ist eine Närrin, die zu nichts zu gebrauchen ist.' Eine seltsame Situation. Stelle sie dir vor: eine Schar plündernder Krieger, ausgehungert wohl nicht nur nach Brot und Wasser und inmitten dieses Schauspiels – eine junge Frau, gewiss nicht sehr schön, aber auch nicht hässlich, und ein junger Soldat. ‚Du hast keine Angst, Halina?' ‚Wovor?' ‚Vor uns.' ‚Gott schützt mich und ...' ‚Was und?' ‚Ich wusste, du würdest kommen. Du wirst nicht zulassen, dass mir etwas geschieht.' ‚Woher wusstest du das?' ‚Daher.' Eine kurze Pause. Das Knacken des Feuers, Geschrei ... ‚Und wenn ich es nicht vermag?' ‚Dann soll es so sein.' Ein Feuerschein, rötlich-hell, ein Gesicht beleuchtend, einen Augenblick. ‚Nimmst du mich mit?' ‚Ich? Dich? Aber du bist doch hier zu Hause.' ‚Nein, nirgendwo zu Hause. Nur dort, wo du gerade bist.' Ich weiß nicht, wie ich in einer solchen Situation reagiert hätte, unser

Rittmeister jedoch begann zu lachen: ‚Du bist mir eine ...' Und wieder ernst geworden fügte er hinzu: ‚Ich bin hier nicht zu Hause; nicht hier, nicht dort, wohin wir reiten werden, müssen. Aber ich werde zurückkehren, dich abzuholen und mit mir zu nehmen – dorthin, wo mein zu Hause ist und deines dann sein wird. So Gott will. Soll es so sein?' ‚So soll es sein. Ich werde warten. Auf dich.' Erneut war das Gespräch ins Stocken geraten, erstickt im Rauch und Lärm um sie beide. ‚Warum macht ihr das?' ‚Das ist Krieg.' ‚Und das ist nicht gut.' ‚Nein, Halina, das ist nicht gut.' ‚Und weshalb macht ihr das alles?' ‚Frage nicht. Weil irgend jemand sagte: Zieht gegen den Feind, besiegt ihn im Namen ... Vielleicht aber auch ein wenig, um selbst zu überleben. Verstehst du?' ‚Nein, oder vielleicht schon. Und euere Feinde sagen das Gleiche zu ihren Leuten. Und so zieht jeder gegen jeden ... solange bis ... Ist es so?' ‚Ja, so ist es.' Von neuem war eine Pause eingetreten. ‚Schenkst du mir etwas?' Erstaunt hatte der Rittmeister das Mädchen angesehen, in seine Tasche gegriffen, nichts Passendes gefunden; oder halt: hatte diesen schon längst vergessenen Stein gefühlt und ihn etwas verlegen Halina gereicht. ‚Mehr habe ich im Moment nicht.' ‚Ein schwarzer Stein. Danke. Warte einen Augenblick ...' Das Mädchen nahm diesen Stein, legte ihn auf den Boden, nahm einen anderen und schlug unseren schwarzen Stein in zwei Hälften. ‚Was machst du da.' ‚Nichts. Warte ... Was ist das?' ‚Ein schwarzer Stein.' ‚Nein.' ‚Zwei halbe schwarze Steine.' ‚Vielleicht. Und wenn ich eine jede dieser beiden Hälften in die Hand nehme, meine Hand ganz fest um sie schließe und sie dann wieder öffne. Was ist es dann?' ‚Ein schwarzer Stein?' ‚Nein. Vielleicht.' Da hatte sie seine Hand gegriffen, in die plötzlich so offen vor ihr liegende Handfläche beide Hälften unseres Steines gelegt ... und schließlich eine von ihnen wieder an sich genommen. Und die Innenseite einer jeden der beiden Hälften war zu einer steinernen Schnecke geworden. ‚Dies soll unser Zeichen sein. Ich werde auf dich warten. Kommst du zurück, so will ich dir diesen Stein in meiner Hand zeigen und du wirst deine Hälfte auf meine legen. Dann werde ich mit dir gehen ... wohin du mich führst. Soll es so sein?' ‚So soll es sein.' Und das gespenstische Licht des Feuers erhellte ihr Gesicht und ihr Feuer brannte sich ein – ganz tief in sein, in ihr Inneres. ‚Ich werde warten. Doch ich weiß: Du wirst nicht widerkehren.' ‚Und ich werde zurückkehren, auch wenn du meinst ...'

Eine Nacht verging im Schatten von Feuer, Gesang und Gerede; eine gespenstische Nacht, in der sich das Licht des Sternenhimmels mit dem wieder und wieder aufflammenden Rot schon ermüdet geglaubter Feuerzungen vereinte. Rauchgeschwängert die Luft, heiß und doch kalt. Halina hatte den Kessel gesetzt auf ein Feuer inmitten des Dorfes. Da war ein jeder von ihnen vor sie getreten; und ein jeder erhielt seinen Anteil, einer und ein jeder von ihnen.

Die Nacht war vergangen und ein neuer Morgen brach an, erste Schneisen schlagend in ein Dunkel, das nicht einmal ein solches mehr war. ‚Wir müssen weiterziehen, Halina.' ‚Nimm mich mit.' ‚Es geht nicht. Du weißt es.' ‚Ich weiß es. Das eine, das andere.' ‚Das andere, das eine.' Die Reiterschar brach auf, Zerstörung zurücklassend, Spuren der Vernichtung, des Lebens ... und ein geteiltes brennendes Herz – oder um genau zu sein, derer zwei. Und es ritten die Reiter, hinein in die Dämmerung einer ungewissen Zukunft; einer Zukunft ohne Wiederkehr. Halina hatte ihnen nachgewunken, einen halben schwarzen Stein in ihrer Hand, und hatte zu warten begonnen, auch wenn sie fühlte, wusste, es gäbe kein Wiedersehen."

„Und weiter?" „Halina wartete – Tage, Wochen, Monate. Viele Schlachten waren in diesem Krieg schon geschlagen; sinnlose, entscheidende. Der Staub, den die Soldaten und ihre Pferde aufgewirbelt hatten, hatte sich längst gelegt; der Pulverdampf war schon lange verflogen. Nur die Ruinen zerstörter Städte, Dörfer und Burgen gemahnten noch an das Vergangene. Ruinen, Gräber und das Gedächtnis der Menschen. Aber auch dieses schwindet. Das Zerstörte wird wieder aufgebaut und die Menschen leben weiter, so gut sie es können. Wie sie es müssen ... und beginnen zu vergessen, auch wenn es manchmal lange Zeit währt, bis sie es endlich können. Generationenlang und noch einmal Generationen.

Halina wartete, einen schwarzen Stein, nein eine Hälfte dieses Steines in ihrer Hand – schon lange. Ihr Freund kehrte nicht zurück. Der Winter zog vorüber, Schnee vor sich hertreibend, Kälte. Vergessen spendend für so viele Wunden. Aber nicht für eine. Schnee wechselte mit Regen, erwachender Wärme, die das steif gefrorene Land weich machte, zu neuem Leben; erweckte und Sonne, die das Getreide aufgehen ließ und wachsen. Schon kehrte der Herbst zurück mit seinen ersten Frösten, die die weiten Laubwälder in ein letztes buntes Festgewand tauchten; und der Flug der Wildgänse hoch oben am Himmel kündete den Abschluss des Kreislaufes der Jahre. ‚Ihr Wildgänse, ihr meine Schwestern, die ihr das Land überfliegt, dieses Land, so viele fremde Länder, haltet Ausschau nach dem, den mein Herz sucht.' ‚Fliege mit uns!' Aber Halina war nicht mit ihnen geflogen. Der Winter verging, Frühling brach an, mit Regen und Wärme. Heller wieder die Tage, heller, bunter und lichter. Schon hörte man wieder den Schrei der Wildgänse, ihren dunklen Keil zeichnend am Himmel. ‚Ihr Wildgänse, habt ihr gesehen, was mein Herz sucht?' Ihren Flug hatte die Schar verlangsamt und ihr vielstimmiger Schrei hatte Halina erwidert: ‚Ich habe einen Stein gesehen – er war schwarz. Und die Sonne strahlte ihn an – da ward weiß er.'

Wieder verging ein Sommer mit all seiner Arbeit auf Feldern und Wiesen, mit seinen Mühen und Freuden im Leben der Menschen. Wieder brach der Herbst an, wieder. Seine Blätter waren bunt für Halina. Und wieder flogen Wildgänse gen Süden. ‚Ihr Wildgänse, ihr meine Brüder und Schwestern, haltet Ausschau nach dem, was mein Herz sucht!' ‚Fliegst du mit uns, Halina?' ‚Mit euch?' ‚Mit mir.' ‚Wohin?' ‚Zum Morgenstern.' Und eine vordem einsame Wildgans hatte ihre Flügel ausgespannt und war mit ihnen geflogen ..."

„Und weiter?" „Man erzählt sich, jener Nacht am Feuer sei Halina eine Tochter entsprungen, die die blonden Haare ihrer Mutter gehabt habe und die grau-blauen Augen ihres Vaters. Es sei ein fröhliches Kind gewesen, das in all der Schwere des Lebens doch nicht das Lachen verlernte. Auch wenn es manchmal so schwer fiel. Man erzählt sich weiter, auch jene habe eine Tochter gehabt, nicht anders geartet denn ihre Mutter. Und als Halina alt geworden sei, habe sie diesem ihrem Halina-Enkelkind einen halben schwarzen Stein gegeben und ihm seine Geschichte erzählend aufgetragen, an ihrer Stelle zu warten.

Ich stelle mir vor, es war eine stürmische Nacht gewesen damals; eine jener ersten Herbststurmnächte, die nicht enden zu scheinen wollen, und in denen selbst Bäume schlaflos schreien im Sturmwind. Ein neuer Morgen brach an, Raureif bedeckte die Lande; und Wildgänse zogen am Himmel. Da sei Halina aus dem Haus gegangen, so erzählt man, und über Wiesen und Felder den Wildgänsen nachgelaufen. Solange bis ihre Füße sie weiter nicht trugen. Da habe sich eine der Wildgänse zu ihr umgedreht. ‚Wohin fliegst du, Großmutter?' ‚Zum Morgenstern, Halina.' ‚Und ich?' In dem Augenblick sei Mama zu ihr getreten und habe sie ganz sanft in den Arm genommen: ‚Du weißt doch, Halja – jetzt bist du Halina.' ‚Ich weiß, Mama.' Und Haljas kleines Fäustchen hatte sich ein klein wenig geöffnet und dem schwarzen Schimmer eines Steines Licht werden lassen.

Man erzählt sich weiter, auch diese Halina habe eine Tochter gehabt und auch diese wiederum eine solche. Und als Halina alt geworden sei, habe sie ihr Enkelkind zu sich gerufen, ihr eine letzte Geschichte erzählt und einen schwarzen Stein gegeben. ‚Vielleicht findest du die andere Hälfte, Halja.' ‚Wie kann ich sie finden, Babka?' ‚Mit den Augen, Ohren – mit dem Herzen.' ‚Und dann?' ‚Dann musst du seine Geschichte erzählen, deine Hand ausstrecken und warten ...' ‚Weiter nichts?' ‚Nichts weiter.' Da habe sich Halina auf die Suche begeben. Eine lange Suche sei es gewesen; eine lange, entbehrungsreiche Suche. Aber irgendwann habe auch sie ihr Glück gefunden. Man erzählt sich … Aber dies muss ich nicht weiter berichten. Denn alles wiederholt sich: Generation auf Generation, von damals bis heute. Die Welt ist so groß, so weit geworden, noch viel weiter als damals … und doch findet sie immer zusammen."

„Eine traurige Geschichte." „Findest du? Eine tröstliche Geschichte, da ich doch weiß: Sie wird weitergehen – auch für mich. *Ich bin Halina.*"

Mondnacht

Mondnacht ... Schreie ... gellende Schreie der Angst, des Schmerzes, des Wahnsinns – du kannst sie in Worte nicht fassen: gell die Nacht durchschneidend, tierisch (wie wenn du einem Schwein die Kehle durchschneidest – es waren Menschen!), des verlöschenden Lebens. Schüsse, Stimmengewirr ... zunächst fern noch ... näher und näher. Schon konnte Sarija die ersten Stimmen unterscheiden: verzerrt, gell die schwarze Nacht durchschneidend, verklingend. Todesnacht. Alle hatten gewusst, dass es einmal so kommen würde. Und doch gehofft, sie würden verschont werden. Gebangt. (Wie konnte man nur so naiv sein, *solches* zu hoffen!) Warum ist Soran nicht mit Vater in die Berge gegangen? Warum nicht? Weil er Mama und seine gar nicht mehr so kleine Schwester schützen müsse, wie er sagte? Oder er den Krieg einfach nur satt hatte wie fast alle Männer im Dorf? (Oder war es in Wirklichkeit doch nur der Mond gewesen, der ihn mit seinem verräterischen Licht an einer Flucht in letzter Minute gehindert hatte. Der Mond ... Oder?) ... Schreie, Schüsse, näher und näher, das Bitten um Gnade, höhnisches Gelächter betrunkener Stimmen, Befehle, neue Schreie, Schweigen ... Schließlich sind sie auch zu Sarijas Haus gekommen: fünf dunkle Gestalten – Reguläre oder doch nur marodierende Freischärler, wer könnte es sagen? Lärm, Angst, Entschlossenheit der ersten Sekunde. Und Soran? Warum meinte er nur, sich ihnen entgegenstellen zu müssen? Merkte er denn nicht, dass sie viele waren und er alleine? Dass *ein* Gewehr gegen fünf nichts ausrichten konnte? Oder nur das Gegenteil von dem, was er wollte. „Schmeiß' die Knarre aus dem Fenster, sonst ..." „Nein!" Sein Schuss verlor sich ins Leere. „Lass den Unsinn!"

Ein zweiter Schuss, ein Schrei ... Sorans ... wie besessen stürzte sich Sarija auf die vermummten Gestalten. Besinnungslos. (Genauso wie ihr Bruder es einen Augenblick zuvor gewesen war, als er meinte, die Seinen schützen zu können!) Mit einer Bewegung schleuderten sie das Mädchen zur Seite: „Geduld Süße, bist gleich an der Reihe!" Blut, Sorans Blut, das sich langsam auf den Holzdielen ausbreitete, sein schmerzverzerrtes Stöhnen, das Lachen der Fremden, als sie ihn mit Füßen traten. Minutenlang: ein, zwei, drei ... Wut, Hilflosigkeit, Hass. „Gleich bist du dran!" Sarija wagte kaum, sich zu bewegen, geschweige denn aufzustehen, wusste sie doch schon zu genau, was bald folgen würde. Angst, Starre ... Ausschalten allen Denkens, aller Gefühle. Sich auf einen Punkt konzentrieren, der nicht ich, der nicht hier wäre ... Ewigkeiten, wie sagen, wie schreien. Kalt warf der fahle Mond seine Strahlen durch die Fenster. Bizarres Licht, Schattengestalten. Soran, sein nur mehr schwaches Wimmern von der anderen Zimmerseite, Mamas Schreie, die alles andere zu verdecken schienen: den eigenen Schmerz, das eigene Denken, Erleben. Minutenketten. Eine halbe Stunde? (Wie kann man Zeit denn beschreiben?) Schließlich ließen sie auch von ihr ab. „Weil du okay warst, woll'n wir den da belohnen." Sie lachten. „Ein Schuss in den Rücken, da wo's Herz ist, dann hat er's leichter." „Du musst nur ‚ja' sagen, Kleine." „Okay?" „Keine Angst, er wird nicht sehr leiden." „Also, was sagst du?!" Schweigen ... Dieses tierische Lachen, als sie sie Richtung Soran stießen, wie kannst du es jemals vergessen? ... Ein Schuss aus nächster Nähe. „Der ist erledigt. Siehst du, war doch gar nicht so schlimm, oder? Jetzt kannst du gehen: schön hübsch die Straße entlang, nicht stehenbleiben, nicht umdrehen. Wenn du's tust – du weißt ja, ein Schuss ins Herz ist am Besten. Verstanden?!"

Gehen ... Die Straße aus dem Dorf hinaus. Bleich beschien der Mond die Steine. Das Mädchen zögerte. „Los jetzt!" Ein

Schuss in die Luft noch, als wär's ein Startzeichen. Schritt vor Schritt. Wohin? Wozu? Ein jeder Schritt brannte ... Angst ... „Wie viele werden sie mich gehen lassen? Leben? Zehn, zwanzig, fünfundzwanzig? Und dann? Was ist mit Mama?" (Sie hatte ihre Schreie aus der Küche gehört, dann Stille, kein Schuss ... nichts ...) „Nicht denken, Sarija, weitergehen, nicht anhalten, nicht umdrehen." Angst. Abstumpfende Angst, die sich wie ein Pfahl in sie hineinfraß, sie aushöhlte, alles einnahm, sogar eben Erlebtes überdeckte. Sie lähmte. Ihr Herz – schlug es noch? (Merkte es etwa, dass jemand direkt auf es zielte?) Wie lange? (Zehn Sekunden, zwanzig, eine Minute?) Wohin? Wohin führt dieser vielleicht (sicher!) letzte Weg, den sie doch gar nicht gehen wollte ... gehen musste (nur weil *die* das so wollten!)? Schritt vor Schritt, nicht anhalten, weiter: mechanisch – wie eine zerbrochene Aufziehpuppe. Verzerrte Schreie hinter ihr, die Ohren zerreißend ... (Wessen Schreie? Mamas? Ihrer Nachbarin?), Stimmen und Schüsse. Sarija konnte sie schon nicht mehr bewusst erfassen. Die Straße. Weitergehen. Irgendwohin. Der Mond bestrahlte lächelnd die Szene: Bühne frei für Sarija – dein großer Auftritt. (Seltsam, was für Gedanken!) Angst. Ein Hauch von Gleichgültigkeit bereits? Warum schossen sie nicht einfach? Ein Schuss – aus! Warum nicht? Mitten ins Herz – vielleicht ist es für Soran wirklich am Besten gewesen ... Nein, wie konnte sie nur so etwas denken! Soran. Mama. Was geschah jetzt mit Mama? Warum konnte sie nicht bei ihr sein?! Warum war sie gegangen? Wie *sie* es wollten! Warum? Was wollten sie von ihr? Warum hatten sie ausgerechnet Sarija gehen lassen? Sollte *eine* dieses Blutbad überleben. (Um später den Schrecken, ihren Zerstörungsblutrausch in Worte fassen zu können ...) *Sie?* Oder wollten sie zuerst auf diese perfide Art quälen, um sie dann im Mondflutlicht abzuknallen? Sarija – eine (noch) lebende Zielscheibe im grellen Spotlight weißer Kieselsteine. Fünf Männer, die sie noch eben vergewaltigt hatten, vielleicht weideten sie sich jetzt an ihrer Angst. (Konnten sie das Mädchen überhaupt gehen lassen? Nein ... doch. Vielleicht.)

Gehen ... weiter gehen. Aber was erwartete sie dann nach der Kurve im Dunkeln? „Ruhig, Sarija, nicht denken! Schießt doch endlich! ... Nein, ich will leben!", fast hätte sie die letzten Worte laut in die Nacht hinaus geschrien. Ihre Stimme jedoch war nur ein Flüstern gewesen. Schritt vor Schritt. Ihr Herz ... sie müsste versuchen, ruhiger zu werden. Versuchen ... Als Kinder hatten sie auf der Straße oft Gänsefüßchenrennen gespielt. Natürlich war Soran immer der Sieger gewesen. (War er doch drei Jahre älter mit größeren Füßen!) Soran – Sarija. Der Mond – einstmals, in plötzlich so fernen Kindertagen, hatte Sarija es geliebt, in seine kaltweißen Straßen hineinzuträumen. Stundenlang, bis dunkle Wolken seine Strahlen bedeckten (oder Mama ins Zimmer kam und ihre Kleine streng ins Bett zurückschickte). Mondlichtzaubernächte. Später hatte sie Soran oft tagelang gelöchert, mit ihr im Mondlicht durch die Berge zu wandern. Genervt. Solange bis er schließlich „ja" sagte. Wie oft waren sie dann in tiefster Nachtstunde zu großer Mondnachtreise aufgebrochen: auf Zehenspitzen aus dem Haus hinaus zunächst – aus dem Fenster zu springen hatte Sarija sich im Dunkeln nicht getraut („Leise, du musst ganz leise sein, Schwesterchen, sonst wird es Mama merken!") – dann durch den Vorgarten zur geschotterten Straße. Jetzt mussten sie ganz vorsichtig sein und möglichst nah am Wegrand gehen, schien doch der Mond direkt auf die weißen Steine! Mondflutlicht – ein jeder im Dorf konnte sie sehen. Wie aufgeregt Sarija immer war! Mit kribbelnder Hand hielt sie Sorans Linke. Ein bisschen auch bange. (War sie doch damals erst zehn gewesen!) Hundert Meter waren es bis zur Kurve, hinter der sie sicher waren ... Zweihundertdreiund-sechzig Sarija-Schritte, dann links ein jetzt unsichtbarer Trampelpfad hinein in die Berge. „Geh' ganz nah hinter mir und pass' ja auf, dass wir uns nicht verlieren!" Sorans Stimme klang hier immer besonders streng, ja fast schon erwachsen. (Sie hätte es aber gar nicht sein müssen, war seine kleine Schwester doch jetzt ein folgsames Mäuschen.) Mondnacht. Schattenlichtspiele zwischen verschlungenen Baumriesenarmen, auf den Lichtungen öffneten sich große, unerwartete kaltweiße Räume – teppichgroße Lichtfetzen, in denen sich manchmal dunkle Flecken zeigten (bewegten?).

Unheimliche Geräusche („Ein Uhu", wie Soran flüsternd erklärte, „ein Fuchs, der durchs Unterhalt streicht ... ein Wolf..." „Gibt es hier denn Wölfe?!" „Aber gewiss doch, kleine Schwester.") – die weiße Mondscheibe am Himmel bewachte jeden ihrer Schritte. Walddunkelhalblichtnacht. „Hast du denn keine Angst, Schwesterchen?" „Wieso sollte ich Angst haben, wenn du bei mir bist!" Sarija drückte Sorans Hand noch ein wenig fester: „Um ehrlich zu sein, doch. Aber nur ein bisschen! Und du?" Stolz blähte Soran seine Backen: „Nein, Männer haben keine Angst!" Warum ging er plötzlich jedoch ein wenig schneller ... hielt an? „Doch, aber auch nur ‚ein bisschen'" Wenn es Tag gewesen wäre, hätte Sarija jetzt laut losgelacht – mit einem Lachen voll Glockentönen und Wärme. Natürlich tat sie es nicht. Waren sie beide doch hier nur Schatten, die kein Recht hatten, König Monds Ruhe zu verletzen! „Versprichst du mir, dass du immer auf mich aufpasst, Soran?" „So unvernünftig wie du bist, werde ich es wohl müssen!" „Du bist aber auch nicht viel besser!" „Dann musst du auch auf mich aufpassen. Versprochen?" „Versprochen!" Soran, Sarija. Mondnächte ... Was kamen ihr denn ausgerechnet jetzt für unsinnige Gedanken! Gibt es jetzt denn nichts Wichtigeres zu denken? Zweihundertzwanzig Schritte. Warum schossen sie nicht endlich? Warum? Warum mussten sie denn ihr Opfer immer noch quälen! Schritt vor Schritt. Um wie viel leichter wäre es, die letzten Schritte rückwärts zählen zu können! (Noch vierzig, neununddreißig ...) Wie viele waren heute schon vor ihr diese Todesstraße gegangen? Schritt vor Schritt, zwischen Leben und Tod, gestolpert. Nur um dann doch erschossen zu werden? Nicht denken, Sarija: nicht denken zurück, nicht denken weiter ... Soran ... Mama ... *Sie* musste leben, dieses Morden und Vergewaltigen hinter ihr überleben, sie ... Warum *sie*? ... Mama ... was geschah jetzt mit Mama? Warum war sie nicht bei ihr geblieben? Bei Soran. Warum hatte Sarija sie allein gelassen? Wie *sie* es wollten! Feig, selbstsüchtig! Eine Marionette, die nach *ihren* Gewehren tanzte. Warum hatte sie nicht geschrien: „Ich gehe nur mit meiner Mutter zusammen!" Sie hätten gelacht: „Wir brauchen sie noch. Lass den Unsinn,

Kleine!" „Macht was ihr wollt, erschießt mich meinetwegen doch gleich, ich geh' nicht alleine." Doch Sarija hatte nicht gewagt, ihnen solches entgegen zu schreien, war wie besinnungslos nach draußen gestolpert, voller Bilder und Schrecken, die gellend in ihr schrien, nie mehr zu verfliegen drohten und doch nach den ersten sie Schritten in Todesangst, ja -erwartung schwiegen ... Warum nur? Warum hatte sie Mama nicht geholfen? Oder war wenigstens in ihrer, in Sorans Nähe geblieben? ... Weitergehen ... Schritt um Schritt. Dort vorne begann das mondlichtabgewandte Dunkel, das sie retten würde. „Nicht anhalten", hatten sie gesagt. Angst, nein seltsam, eine fast schon unheimliche Ruhe. Dort – ein Schritt noch, ein zweiter, dritter, gleich würde ihre Jäger im Dunkel abdrücken: ein Schuss, in den Rücken und mitten ins Herz, aus. Was folgt? Licht? Oder Dunkel? *Mondnacht.* Was weiter erzählen?

Irgendwie doch ...

Angst. Ja, ich habe Angst. Davor! Einfach aufzugeben. Oder ist mir sogar dies schon gleichgültig geworden? Wenn ich müde durch die Straßen laufe, nach Arbeit frage (und sie natürlich nicht bekomme!), mich schließlich auf eine Bank im Hofgarten setze, in die Sonne hineindöse und erschreckt auffahre, wenn ich plötzlich Daniels Stimme vor mir höre. (Er weiß, dass ich immer auf der gleichen Bank auf ihn warte.) „Wie geht es dir, Branka?" „Danke, gut. Und dir?" „Auch schlecht." Eine Antwort, die ich nicht verstehe. Aber vielleicht liegt es einfach nur daran, dass ich nur hier seine Sprache höre. Einerlei – es sind ja eh nur Begrüßungs-formeln, die nichts bedeuten. „Komm lass uns jetzt fröhlich sein, Branka – die Welt ist doch ohnehin nur scheiße." Betreten blicke ich zur Seite. Daniel meint jetzt gewiss, dass ich keinen Spaß verstehe, rudert zurück in eine andere Richtung: „Sollen wir gleich gehen, oder willst du noch bleiben?" Ich zucke mit den Schultern. Was soll ich auch anderes machen? Weglaufen? Einfach aufstehen und gehen? (Ich bin schnell wie eine Katze ... immer noch ... trotzdem!) Und doch: Ich kann nicht weglaufen, brauche ihn. Wie er mich ... nur auf andere Weise. Ahnt er denn nicht, weshalb ich immer und wieder hierher komme, meine Handvoll Telefonnummern durchwähle (als letzte seine!), nur um nach Arbeit zu fragen und wieder etwas Geld zu verdienen. Dafür! Wie soll ich es sagen? Ja, merkt Daniel, denn gar nicht, dass dort, wo schon bald seine Finger (und Augen) wandern, mein Untergang wartet, mein Tod und lacht: „Nein, Branka, gib's gleich auf. Du wirst es ohnehin nicht schaffen!" Aber ich, ich möchte leben! Leben, leben, leben. Auch wenn ich nach Menschenermessen ohnehin keine Chance habe! Wie denn? „Bei jungen Menschen wie Sie ist es immer ganz besonders schwer, nichts oder nicht das Richtige tun zu können." Die leise, fast heisere Stimme des Arztes werde ich wohl niemals vergessen. Ein plötzlicher Dolchstich aus dem Nichts. Zack, aus. Viel schlimmer als die eigentliche Diagnose. Krebs. Nun ja, auch das bedeutet nicht automatisch das Ende. Habe ich gedacht. Denkste. Mit fast schon wieder normaler Stimme spricht der Arzt weiter: „Versuchen Sie, das Geld für die Operation zusammenzubekommen. Irgendwie. Sie haben doch Verwandte, Freunde und Bekannte, die Ihnen helfen können." Meine Antwort war nur ein bitteres Lachen: „Ich kenne nur arme Kirchenmäuse." Scheinbar beiläufig blättert er in seinen Unterlagen: „Sie haben noch ein ganzes Leben. Auch wir werden Ihnen natürlich entgegenkommen." Punkt. Ich habe verstanden, was ich tun muss, um nicht nur irgendeine Alibi- und Nun-ja-halt-Behandlung zu bekommen. Ausrufezeichen! Was weiter noch sagen? Ich weiß, dass mein Arzt es gut meint, mir helfen möchte ... und doch sind ihm die Hände gebunden. In was für einem verdammten Land lebe ich denn, dass ein Handfächer großer Euro- oder Dollarscheine über Leben und Tod entscheidet?! Darüber ... ob ich die richtige Behandlung bekomme. Fast trotzig ist mein Schweigen, als ich schließlich aufstehe. „Ich will es versuchen." „Tun Sie das. Sie können jederzeit zu mir kommen." Gefasst versuche ich meinen Abgang in Szene zu setzen: aus dem Arztzimmer zunächst, der Station, die schwere Tür lässt sich nur mit Mühe aufziehen, natürlich will ich nicht den Aufzug nach unten nehmen (... ich bin nicht so todkrank, dass ich nicht die drei Stockwerke zu Fuß gehen könnte! Noch nicht, müsste ich vielleicht jetzt schon sagen ...), sogar dem Pförtner kann ich noch ein fröhlich klingendes „Auf Wiedersehen!" zurufen. Draußen auf der Straße bricht meine Contenance zusammen. Was soll ich denn machen? Einfach aufgeben? Schluss aus, nur noch tatenlos darauf warten? Worauf? (Dass dieses Ding in mir mich vernichtet?) Mich weiter durch eine falsche Behandlung quälen? (Nur weil die Ärzte irgendetwas tun wollen, um ihr Gemütchen zu beruhigen?) ... Nein, ich habe keine Angst vor dem Tod. (Vor dem Sterben vielleicht, meinetwegen.) Und doch – ich will nicht so sterben. (Nur, weil ich kein Geld habe, um eine Chance zu haben!) Rastlos hetze ich durch die Straßen, links, rechts, ich weiß nicht, wohin ich laufe, über rote Ampeln, große Straßenkreuzungen (was können mir denn jetzt noch Autos anhaben!), die Save entlang, Donau – wo ist der beste Ort, sich in die Fluten zu stürzen (alles ist besser, als tatenlos an diesem Unding in mir zu sterben!) – renne wieder zurück die gleiche Strecke, nur um mich schließlich erschöpft auf eine Bank zu werfen. Und kein Engel war da, um mich zu retten! Niemand, um mir beizustehen! Nur ich allein. Branka. Ich will, darf, kann ... nicht einfach aufgeben!

Und dann. Ein Entschluss. Dieser. Aus Trotz oder Verzweiflung kann ich nicht sagen. Darja hat mir den Tipp gegeben. München also. Daniel, den ich eines trüb-kalten Regentags in den Fünf-Höfen wegen Arbeit anspreche; er schüttelt den Kopf, einen Moment, will schon weiter gehen „Bitte ...", bleibt stehen, reicht mir leicht genervt einen Euro aus seinem Geldbeutel ... („Bitteschön!" „Danke!"), steckt mit einem fast unmerklichen Nicken sein Portemonnaie zurück in die Manteltasche ... allen Mut, den ich jetzt aufbringe: „Hundert Euro ...? Ich brauche es für Medikamente, ginge das, bitte ..." ... er mustert mich von oben bis unten ... ein Moment, ein zweiter ... wie wird er jetzt reagieren ... Polizei? ... ich will schnell weggehen ... zögere noch ... ein dritter ... ehe er mir ein Angebot macht, wenn ich dieses Geld von ihm haben möchte (man versteht vielleicht, wenn ich jetzt nicht ins Detail gehe, ich bin ja selbst schockiert gewesen, auf offener Straße solch ein Angebot zu bekommen!) Daniel also, mit dem ich mich seitdem immer und wieder treffe. Trotzdem. Dafür. Nur dafür? Meint er denn wirklich, dass ich nur deshalb stundenlang mit dem Bus durch halb Europa fahre, weil ich ihn mag und mit ihm zusammen sein möchte? Nur mit ihm? Ich, Branka, ein doch gar nicht so umwerfendes, südslavisches Mädchen, die sich noch dazu ihre Haare strohblond färbt und als

Pferdeschwanz trägt, nur um nicht gleich aufzufallen! Und doch ... Wie oft waren wir jetzt schon zusammen? Fünf, sechs, sieben, acht Mal? (Darja sagt, nach fünfmal treffen sei man befreundet. Sind wir das?) Nicht nur einzelne sms, die wir uns Woche um Woche über Ländergrenzen hinweg schreiben, nur um in Kontakt zu bleiben. (Ist das schon eine Art Symbiose zwischen uns geworden?) Irgendwann muss ich endlich den Mut aufbringen, ihm die Wahrheit zu sagen. Dass ich das Geld nicht für Medikamente für meine Mama brauche, sondern ... Ihn zu bitten, ob er mir hilft ... nicht nur die hundertfünfzig oder zweihundert Euro, die er mir jedes Mal „für die Busfahrt" gibt, manchmal auch ein wenig mehr, und die ich immer gleich ungezählt zu den anderen Euroscheinen und Münzen stecke, die ich mir hier mit irgendwelchen kleinen Arbeiten verdiene oder auf der Straße bekomme. (Natürlich werde ich mit ihm darüber nicht sprechen – bei solchen Menschen weiß man nie, wie sie dann reagieren!) Und die Zeitbombe tickt. Tick – tack ... ticketickketak ... in mir. Oder ist es nur eine Sanduhr, die langsam abläuft? Ist es nicht schon krankhaft, wenn ich immer wieder die Stelle berühre, abtaste: Ist der Knoten schon größer geworden?! Der Tumor, gegen den ich vielleicht nur wie eine Donna Quichotte ankämpfe ...

Wortlos sitzen wir noch ein wenig zusammen, betrachten die dürren Zweige, die sich im lauen Wind wiegen. Daniel legt seinen Arm um meine Schulter. Ich lege sie zurück, drücke sanft seinen Kopf in meinen Schoß. Ich weiß, dass auch ältere Männer das mögen. Große Hundeaugen, die zu mir aufschauen. (Oder suchen sie nur jene zwei Erhebungen, die jetzt zwischen ihm und meinen Augen liegen?) Fast mütterlich wische ich ihm eine graue Haarsträhne aus der Stirn, streichle seine immer penibel glatten Wangen mit dem Zeigfinger, seine Lippen, ehe ich den Finger schließlich zu meinem Mund führe. (Auch wir haben schon unsere Rituale.) Komisch, sogar erfolgreiche Männer Mitte Fünfzig haben ihre Nöte. Ihre Einsamkeit, ihr Verlangen, für das sie sogar wichtige Sitzungstermine platzen lassen, nur weil ihnen ein doch gar nicht mehr so junges Roma-Mädchen Anfang Dreißig eine sms schickt: „Branka, bin heute früh angekommen, 15 Uhr, geht das?" „Natürlich!" einmaltont die Antwort wenig später auf meinem Handy. Und ich verstehe nicht: Sie können doch alles haben – ein gutes Leben, schöne Frauen, eine glückliche Familie ... Seltsam. Aber vielleicht brauchen sie ja einfach nur so ein williges, heimliches Erlebnis wie mich, um ihrem Alltag zu entfliehen oder ihr Ego aufzupolieren. Ist dem so? Dann in Ordnung. Sie können es haben. Daniel. Wir beide sind alt genug, um selbst unser Leben zu leben. Punkt. Und doch schäme ich mich, dass ich mit ihm nur spiele! Ich, Branka, die doch immer nur ehrlich sein sollte, mit hängendem Kopf zu Papa oder Großmutter ging, wenn ich etwas angestellt hatte, und wortlos jede in meinen Augen auch noch so ungerechte Strafe akzeptierte. Aber: Ich will leben! Darf man dafür nicht lügen? Sich verstellen ... so tun, als ob ... einen anderen Menschen, der mich vielleicht schon wirklich mag, im Unklaren lassen? Was würde Großmutter sagen, wenn sie alles wüsste: Dass ich Krebs habe ... dass ich doch viel zu jung dafür bin und vielleicht nur noch ein halbes Jahr zu leben habe, wenn ... wenn ich nicht das Geld für mehr als nur eine Alibibehandlung zusammenbringe. Dass ich es nur so schaffen kann ... dass ... Ja, auch Großmutter und alle Moralapostel dieser Welt müssen mich verstehen. Ausrufezeichen! Und dennoch fühle ich mich nur miserabel, wenn ich nach dieser Anstandsviertelstunde mit Daniel in sein Appartement in Schwabing fahre, gleich nach der Ankunft ins Bad gehe (als ob ich ein richtiger Profi wäre?!) und er unterdessen meine vermeintliche Lieblingsmusik auflegt (wie sehr ich Vivaldi schon hasse!), auch ein passendes Getränk zum ‚Gaumenanfeuchten' darf nicht fehlen. Ich weiß, wofür ich das alles ertrage. Dafür! Und hasse mich, dass ich es tue. Machen muss, nur um noch eine Chance auf Leben zu haben. Hasse ihn, seinen Reichtum, den er mir unaufgefordert zur Schau stellt, diese riesige Couch (vielleicht hat es meine halbe Operation gekostet, so wie es aussieht!), sie lässt sich mit ein, zwei Handgriffen umlegen, ein Bettlaken darüber (sie liegen immer frisch und ordentlich gefaltet in einem der beiden Badezimmerschränkchen) ... Wir sind ja nur hier, um uns zu amüsieren. Eine weitere Anstandsviertelstunde Smalltalk davor gehört sich, ich verstehe, in solchen Kreisen. Immerhin könnte ich ja seine Tochter sein! (Sicher hätte ich dann die besten Spezialisten, die mich operieren würden. Oder gäbe es dann für mich noch viel, viel bessere Behandlungsoptionen?) Und dann ... Ich hasse mich, dass ich alles nicht nur irgendwie über mich ergehen lasse. (Er hat ja dafür gezahlt!) Mitmache. Nicht nur, weil ich es als weniger demütigend empfinde, nein, weil ich ihm mehr als nur einen Körper bieten möchte, wenn ich schon Geld dafür von ihm bekomme! Hasse alles auf der Welt, wenn ich zwei oder drei Vivaldi-Streichkonzerte später mit dem zum Knäuel zusammengepressten Laken in der Hand ins Bad gehe, es in die Wäschebox werfe, dann all den Schmutz von mir abdusche, wie nebenbei wieder diese Stelle betaste (nein ES ist nicht größer geworden. Oder doch?) und zurückgekommen die Coach zusammenklappte, die dreistielige Orchidee am Fenster und die immer schon angetrocknete Efeutute gieße, ihre vertrockneten Blätter vom Boden aufsammle und in den Bio-Abfalleimer in der Küchenzeile entsorge, sonst noch so kleine Handgriffe mache, die sich gerade ergeben (als ob ich nur als seine Haushaltshilfe hier wäre) und schließlich jenen diskreten weißen Briefumschlag mit den zwei, drei oder vier Fünfzig-Euro-Scheinen auf der Anrichte neben der Garderobe liegen sehe. „Danke." Nur ein angedeutetes Nicken, das ich als Antwort erhalte. (Als ob er sich plötzlich dafür schämen würde!) Hasse ihn, wenn er mich wenig später in seinem BMW die schon in Dämmerlicht getauchte Leopold-, Ludwig-, Brienner- und Augustenstraße entlang in die Innenstadt fährt und schließlich bei Rot an einer großen Kreuzung unweit des Hauptbahnhofs anhält, um mich im haltenden Verkehr schnell auszusetzen. Keiner soll mich mit ihm zusammen in der Öffentlichkeit sehen. Ich verstehe. Nur Sekunden, die uns beiden noch bleiben. Keine Zeit für Sentimentalitäten.

Obgleich ich mich in diesem Augenblick nach einer warmen Umarmung zum Abschied sehne. Einem aufmunternden Wort. („Du schaffst es, Branka, alles. Du bist stark. So schwer es jetzt auch für dich ist. Du musst es nur wollen!") Natürlich werde ich solche Worte von ihm niemals hören. Was habe ich auch für dumme Gedanken! Ich bin nur eine vage Bekanntschaft, die noch dazu krank ist, sich viel zu oft nur noch schwach fühlt, hoffnungsbar, auch wenn ich mich bemühe, sogar durch Nebelschwaden hindurch noch ein Lächeln aufs Tapez zu zaubern. Mehr nicht. Eine Abwechslung für ein paar Stunden ohne Verpflichtung. Dann ist diese Branka aus dem fernen Beihnahschonfastorient wieder verschwunden. Bis zum nächsten Mal. Wozu sich darob auch Sorgen machen. Sie wird ja ohnehin bald wieder kommen!

„Danke, dass du mich mitgenommen hast. Das ist sehr lieb von dir. Ich melde mich, wenn ich wieder da bin. In Ordnung?" Daniels Antwort ist nur dieses beredte Nicken, wie ich es bereits in- und auswendig kenne. Nur kurz legt er seine Rechte auf meinen Handrücken, streichelt ihn … ein Augenblick, ehe die Ampel wieder umspringt, und ich gerade noch rechtzeitig aus dem Wagen springe. Sekunden später sehe ich ihn schon auf die Mittelspur wechseln. Gleich darauf ist seine schwarze Limousine im Abendverkehr verschwunden. Vielleicht wird er jetzt noch an mich denken. Einen Moment lang. Oder stört es ihn jetzt schon wieder in seinen Geschäftsproblemen? Punkt. Doppelpunkt. Fragezeichen?

Meine Ampel springt um – ein grünes gehendes Männchen. Auch ich tauche ein in die vorwärts drängende Menge, bin ein Teil von ihr und doch nur alleine. Weil ich hier fremd bin und keine Wurzeln schlagen möchte? Weil ich nur noch auf Abruf zu leben meine und quasi mein Restdasein zwischen verschiedenen Welten friste? Weil ich mit allem nicht mehr zurechtkomme! Keinen habe, mit dem ich sprechen, den ich um Rat fragen könnte! Weil ich … Eichhörnchentanz-Grübel-Nebelgedanken! Sie drehen sich und drehen! Ich weiß: Auch sie sind ein Teil meiner Krankheit, ihrer Behandlung geworden; meines Körpers, der mir schon nicht mehr gehört und gegen sie ankämpfen möchte. Mehr nicht. Ich darf sie nicht wörtlich nehmen. In Ordnung, ich verstehe ... Und doch: Sie sind wahr und wirklich! Warum? Weil ich es so erlebe! Und plötzlich ist sie wieder da: die Angst. (Davor!), Verzweiflung, Hoffnungslosigkeit, wenn ich in der Klinik alleine am Fenster stehe, in das nur von einzelnen hellen Quadraten unterbrochene nächtliche Schwarz vor den Glasscheiben starre und keine Fort- sondern nur noch Stillstand oder Rückschritte sehe: „Gib's auf, Branka, wozu sich noch weiter quälen. Du hast eh keine Chance!" Viel zu oft kann ich schon nicht einmal mehr: „Nein, nein, nein" schreien ... (Wozu denn auch?) Grundloses Schweigen. (Nicht weil es keinen Grund hat, sondern abgrundtief in die Finsternis hinabreicht!) Gleich darauf könnte ich jedoch jeden laut anschreien. („Du verstehst eh nichts! Lass mich doch einfach in Ruhe mit deinen siebengescheiten Reden!") Manchmal kenne ich mich selbst nicht mehr, schäme mich, dass ich so bin (geworden bin!) – voller Wut, die in mir aufkocht wie ein Topf Milch auf einer viel zu heißen Flamme. (Wer hat vergessen ihn rechtzeitig wegzustellen?!) Ich kann nicht einmal sagen, wo diese Wut so plötzlich herkommt, was sie mit mir macht. Warum sie da ist. Ich will sie nicht! Die Ausweglosigkeit, die mich zu einem Eisklotz erstarren will, auch nicht. (Will sie denn, dass ich und andere an mir selbst erfrieren?) Die Müdigkeit in und aus mir ist schon stärker, als alle Hoffnung sein könnte, vergiftet mich ... ein langsames Aussaugen. Die Schwäche nicht nur im medizinischen Sinne. (Warum denn noch kämpfen, wenn Wellenberge immer nur neue Täler bedeuten?! Warum?) Die Sehnsucht auch. Wonach? Nach einer Hand, die mich jetzt halten könnte, einem Ohr, das mir zuhört, auch wenn ich vielleicht kein Wort hervorbringen würde. (Oder nur kränkende Worte.) Nach jemand, der für mich da ist, mich versteht (oder es zumindest versucht) – so wie ich jetzt bin, obwohl (oder gerade weil) ich Krebs habe! Für den ich wichtig bin, der es einfach braucht, dass ich für ihn kämpfe, dass ich lebe, dass ... Ein wirrer Cocktail widerstrebender Gefühle. Er lässt sich nicht ausdestillisieren. Ich weiß. Aber ... Branka, du musst auf andere Gedanken kommen! Jetzt, hier, ich bin nicht in Belgrad im dritten Stockwerk einer gewissen Klinik, in die ich schon emotionslos wie ein Roboter gehe. Nein ... München-Zentrum – vor einer halben Stunde bin ich noch in einer sündhaften noblen Penthousewohnung über den Dächern Schwabings gewesen! Schritt um Schritt tripple ich die knapp fünfzehn Minuten zum ZOB an der Hackerbrücke, seltsam, auch diesen Weg könnte ich jetzt schon mit geschlossenen Augen gehen, biege jedoch plötzlich ab in Seitenstraßen – ich will noch eine Kleinigkeit für meinen Kleinen besorgen. Er soll ja auch etwas davon haben, dass Mama immer öfter in den Bus steigt und wegfährt. Ganz leicht kann ich sogar jetzt noch seinen Biss in meinen Handrücken spüren, mache mir Vorwürfe, ganz leise, lächle: Nein, mein Kleiner wollte mich nicht schon wieder verlieren. (Auch wenn es doch nur für ein paar Tage sein würde!) Ach, Goran, nur ein klein wenig Geduld noch. Ich vermisse dich doch auch! Aber morgen, ja morgen werden wir uns schon wieder sehen!

Mit einem Einzelton meldet sich mein Handy: „Es war schön mit dir heute, Branka. Komm gut heim! David." Ich kann nichts Tieferes für diese sms empfinden. Eine nicht-einmal-richtige-Symbiose, die uns miteinander verbindet. Mehr nicht. Obwohl ich mich trotzdem über diese Worte freue. Goran, Großmutter, Daniel auch, Doktor S., die Efeutute, die ohne mich schon längst vertrocknet wäre ... wer sonst noch, den ich jetzt nicht aufzähle ...

Ja, Daniel, du hast recht: Die Welt ist sch... . Irgendwie doch. Ist wirklich schon alles sinnlos geworden?

Die Gleise, sie schweigen

Gehen solange es geht. Immer gerade aus. Schon seit Tagen schwiegen die Schienen. Bald müsste hier der Morgenzug vorüber fahren. Sie würden es am leisen Vibrieren der Gleise im Vorhinein bemerken, einen Schritt zur Seite treten, einen zweiten, dritten ... Wenn er denn noch fährt. Früher wäre gefahren. Es gibt Dinge, die immer unterwegs sein werden, solange ihre Wege noch irgendwohin führen. Vor Tagen waren sie noch hoch über der Stadt am Fenster gestanden, die Tag um Tag schon weniger existierte, hatten die kühle Morgenluft eingeatmet, versucht, sich so etwas wie einen Hauch von Alltag vorzustellen. Von diesem Fenster aus konnte man den Sonnenaufgang nicht sehen. Dafür müssten sie in ein anderes Zimmer gehen. Doch wozu? Die Sonne würde auch morgen und übermorgen aufgehen! Ein kalter Windhauch blies durch die geborstenen Scheiben. „Du hast Recht. Man muss sie mit Holz abdichten. Es ist schon kalt geworden ...", so ein plötzlicher Gedanke. Als wäre es nicht schon zuvor kalt gewesen. Winterkalt. Früher war sie gerne bei geöffnetem Fenster in der Kühle gesessen, die Lehrbücher vor mir, die Angst vor der nächsten Prüfung schon im Nacken. Die spitzen Bemerkungen ihrer neuen Verwandten auch, die meinten, eine Frau müsse nicht studieren, ihr Platz sei nicht der Hörsaal oder das Berufsleben. Nur Nazib ist immer auf ihrer Seite gestanden. Vergangene Zeiten. Wie nannte man sie einstens: Frieden. Was ist von diesem Wort geblieben? Gestern hat es in der Straße wieder Explosionen gegeben. Wer ist es gewesen? Ist es nicht sinnlos, danach zu fragen?! Ihr Wohnblock ist verschont geblieben. Diesmal. Nur der Brand- und Dunstgeruch zerstörter Mauern schwerte die Luft. Weißer feiner Staub, der sich sich auf alles setzte. Hier sind nur die Scheiben zersprungen. („Wir werden sie mit Holz ersetzen." „Nein, lieber in der Kälte als im Dunkeln sitzen!") Die Scherben ließen sich schnell zusammenkehren. Mehr ist nicht geschehen. Hier. Auf der anderen Seite jedoch, wo sie noch Tags darauf Steinbrocken wegtrugen. Auch Gülseren und Nazib sind dort gewesen. Ein trügerisches Gefühl der Sicherheit umgibt sie, als sie später müde und doch mit sich zufrieden wieder nach Hause kommen, sie ihrer Computer hochfährt, um die Geschehnisse der letzten Stunden an die Welt weiterzugeben. Wie schon die Tage zuvor, die Wochen. Sie will nicht schweigen, wo doch alle über ihr Los, ihren ungleichen Kampf nur schwiegen. Ist das noch Krieg, Bürgerkrieg oder einfach die Hölle? Zwei Tage später ist er schwarz geworden. Er wird wohl irgendwo unter Trümmern liegen. (Warum hatte sie ihn nicht mitgenommen als sie Hals über Kopf in den Keller gestürmt waren?) Irgendjemand wird ihn vielleicht später einmal aus den Trümmern ausgraben, ihn einstecken, versuchen, ihn hochzufahren, wird ein fremdes Leben lesen. Ihres. Vielleicht wird ihm einiges bekannt vorkommen. Absurde Gedanken, als ob sie dann noch von Belang wären.

Tags darauf sind sie aufgebrochen. Solange sie noch eine Chance hätten, aus der Stadt zu kommen. Obwohl sie doch bleiben wollten. Schritt vor Schritt, sich nur noch in Gedanken umdrehen. Wohin? ...

Die Gleise, sie schwiegen.

Beslan

„Beslan? ... Wenn sie mich gefragt hätten ... ich wäre mitgegangen." „Beslan ... du?" Im ruhigen Ton spricht sie weiter. Und ich stelle mir vor: Diese junge Frau, nein, eigentlich fast ein Mädchen noch, wäre dort gewesen, einen Sprenggürtel um den Bauch, starr, ruhig, kalt, das Gesicht verdeckt hinter einer schwarzen Maske. Wie jetzt hier auch. Unsere Schwarze Nonne, wie wir sie hinter vorgehaltener Hand nennen. Manchmal ist sie dem ganzen Kollegium nur ein Rätsel: verschlossen, streng, ohne hart zu sein, korrekt ohne Fehl und Tadel, freundlich ohne Nähe. Ist so jemand verdächtig? (Ihre Schüler lieben oder hassen sie – dazwischen scheint es nichts zu geben.) Ein heikles Thema. Vorsichtig versuche ich die Besprechung wieder in sichere Bahnen zu führen. Eine Diskussion über Lessjas Aussage und Sichtweise zu dieser Sache will ich vermeiden. Eine Terroristin in unserer Schule – der Skandal würde riesengroß werden. Erst später stelle ich sie unter vier Augen zur Rede. Lange blickt sie mich an. Schweigen. Langsam rührt sie mit dem Löffel in der Tasse. „Was hatte ich denn noch zu verlieren?"

Beslan ... Sie ist nicht dort gewesen. Nicht weil sie ablehnte, was dort geschehen sollte, geschah ... sondern: Weil keiner sie gefragt hatte. Obwohl es etliche gab, die sie fragen hätten können. „Vielleicht haben sie gemeint, dass ich noch zu klein bin, dass ich es nicht schaffen würde, dass ich ..." Ein Ruck durchfliegt ihren schmächtigen Körper. Lessja lacht: „Nun ja, sie hatten ja recht, aber weh getan hat es trotzdem. Damals war ich enttäuscht, verletzt und wütend." Heute kann sie darüber sogar lachen: „Meine Wutausbrüche sind legendär gewesen. Damals ... Aber eigentlich ist es ja ganz gut, dass ..." Ein abgebrochener Satz, nur ihre Augen sprechen weiter: „Sonst wäre ich jetzt nicht hier ... und sie hätten gewonnen ..."

Gewinnen, leben. Trotzdem leben. So ganz habe ich diesen Zusammenhang nicht verstanden. Bis sie für einen Moment ihren Schleier – ihre eherne Trutzburg, die sie vor Blicken, vor der Welt, vor sich selbst schütze! – ablegte: „Du solltest im Krieg brav sein!" Sie lachte, rückte den Stoff wieder in Ordnung. Nur ein schwarzes Augenpaar, das durch schwarze Tuchbahnen konzentriert zu mir hinüberblickte. „Genug gesehen. Ich bin nicht brav gewesen." Unwillkürlich nickte ich: „Wie ist das geschehen?" „Volltreffer ... nun ja, es hätte schlimmer aus-gehen können." Ein Augenblick. Eine Ewigkeit. Während eines unerwarteten Gefechts zwischen russischen Spezialeinheiten und tschetschenischen Kämpfern war auch ihr Haus in die Gefechtslinie gekommen. Und Lessja war nicht mit Mama und ihrer Schwester in den Keller geflohen. „Warum nicht?" „Ich hatte oben zu tun ... Jeder hat seine Aufgabe im Leben. Ganz besonders in Zeiten des Krieges." Lessja genauso wie ihre Brüder. „Es war also kein Zufall, dass sie genau auf unser Haus zielten. Genauso wenig wie es Zufall war, dass sie mich trafen. Oder nein, nur den Ofen." Und genauso wenig Zufall auch, dass ihre Brüder sie nach dem Abflauen der schwersten Kämpfe packten und ohne Rücksicht auf Nacht, Gefahr und eigenes Leben nach Grosny brachten. Dass Lessja schwieg, um sich eine Mauer aus Stolz, Hass, Stärke aufbaute – was immer man auch fragte. Dass sie auch noch später bei den sogenannten „Terroristen" mitmachte. („Wie soll ich denn diesen Verbrechern und Besatzern verzeihen könnten!") Und wieder später Lehrerin wurde ...

„Hast du schon einmal eine Handgranate in der Hand gehalten, Gulja?" „Nein." „Und TNT durch eine Straßensperre gefahren?" „Auch nicht." „Siehst du, dann kenne ich schon viel mehr vom Leben als du." Ihre Stimme hält inne: „Aber eigentlich ist das nichts Erstrebenswertes." Zwei schwarze Kohlestücke funkeln ... wie damals, als sie aus dicken Verbandschichten glühten, dort, einen Monat, irgendwo in einem zum Krankenhaus umfunktionierten Keller, und nicht nur einige sich über das Mädchen in dem Bett ganz hinten am zugenagelten Fenster wunderten. „Das erste Mal sich im Spiegel zu sehen, war wie ein Schock ... nun ja, man gewöhnt sich an alles." Oder nur vieles. Träume bleiben. Oder auch nicht. (Was ist das Gegenteil von Traum? Albtraum?) Wünsche, ein zerbrochenes Leben. Ein neues – weil Lessja stark ist, viel zu stark, um aufzugeben. „Ich habe Glück, dass ich hier lebe ..." „Glück?" „... anderswo hätten mich doch alle fertig gemacht. Wir sind ja alle Kinder, die einander nichts ersparen."

Ja, wäre sie in Moskau aufgewachsen, Warschau, Berlin, Paris oder anderswo – wie viele Blicke, Kommentare hätte sie aufzählen können. Stumm laut – tausend sicher und noch einmal tausend. „Und hier?" „Nun gut, hier bin ich das Mädchen mit dem Schleier. Man ist so etwas gewohnt, versteht es viel eher. Und wenn nicht: nur der Name eines Dorfes, ein Datum, eine nicht gern erzählte Episode meines Lebens. Punkt. Andere tragen zertrümmerte Arme und Beine durchs Leben. Ich halt das ... einen von Narben entstellten Körper." Ich verstehe. Jetzt. Am Anfang hatte auch ich immer nur große Schwierigkeiten gehabt, diese Neue in unserer Schule zu akzeptieren, hatte in ihr eine strenge, sogar fanatische Muslima gesehen, wie sie die Moskauer Propaganda nicht besser hätte zeichnen können. Hatte geargwöhnt, sie würde die Schüler in ihrem Sinne beeinflussen wollen, und war doppelt streng mit ihr gewesen. Gerede durfte es wegen ihr nicht geben. Ärger in der Klasse und auch außerhalb der Unterrichtsstunden. Monate. Bis wir an jenem Nachmittag Worte zueinander fanden. „Weißt du, dass sie mich einmal gefragt hatten, nicht hier, dort wo ich früher lebte ... und nur das Schicksal es wollte, dass es nicht geschehen sollte." „Sie?" „Ja." Wir sprachen nicht weiter. Erst als sie mir ihr vernarbtes Gesicht zeigte und ich ihr meine versteckten Narben darlegte: Guljana im Schatten der Ruinen, meinen Mann, mein Kind, meine Schwiegermutter von Kugeln getroffen. („Guljana, wo bist du!") Ich war nicht gelaufen. Sonst, sonst hätten sie auch mich erschossen. Guljana am Brunnen, ein Unbekannter, der zu mir kam, mir zusprach, sich geduldig bemühte mir neuen Lebenssinn einzuflößen, der mich dafür anwerben wollte; in Groznys Keller Wochen später, ich hätte einen blutjungen, verwundeten russischen Soldaten seinen Feinden ausliefern können … Was ist nur mit ihm geschehen? So ist Krieg. Auch wenn ihn offiziell keiner so benennen wollte. Bilder, die nicht mehr gehen.

Lessja und ich sind Freundinnen geworden. Schicksalsgenossinnen, die für sich und gemeinsam ihren Kampf zwischen Gestern und Heute auskämpfen … Vergangenheit, die immer noch nicht vergangen. Lessja. hat es viel schlimmer getroffen. Wunden vernarben. Doch es gibt auch Wunden, die dich für immer zeichnen, die immer und wieder aufbrechen und schreien. Und wenn wieder aus irgendeinem Teil der Welt jene kurzen und fast schon alltäglich gewordenen Nachrichten über Selbstmord-anschläge kommen, schaudert es mich noch heute: Wie wenig hätte gefehlt … und auch Lessja … oder … Wofür? Für eine Botschaft, die du aus Überzeugung oder nur für andere in die Welt hineinbombst? Oder, um deine bodenlose Verzweiflung und Trauer, deinen Hass zu leben … sie weiter zu geben … dass andere sie genauso fühlen? Ich weiß es nicht. Vielleicht ist darauf auch gar keine Antwort zu geben. Lessja tut mir gut. Weil sie lebt, leben will … auch wenn sie äußerlich verschlossen und hart geworden ist wie ihre fremden Gesichtszüge. Innerlich um so weicher. Eine fanatische Muslima? Gewiss nicht. Nur eben ein wenig anders, als der Mainstream sie vielleicht haben möchte …

Augen wie das Meer

Plötzlich reißt sie ihr Top nach oben: „Da ... da ... da! ... Soll ich noch mehr zeigen!?!" Fast hasserfüllt blickt sie mir in die Augen. Unwillkürlich sehe ich zur Seite. Irgendwohin. Nur nicht dorthin, wohin sie meine Augen lenken möchte ... Ich will ihre Narben nicht sehen! Merkt sie denn gar nicht, dass ich hier nur meinen Job mache, ja machen muss, wenn ich ihr Fragen stelle und die Antworten stichpunktartig mitstenographiere, um sie später für das Protokoll auszuformulieren? Gar nicht? Beinahe trotzig sitzt sie mir gegenüber, starrt mich an – wie ein kleines Kind, das nicht bekommt, was es möchte. Fast hilflos versuche ich ihr zuzunicken. (Oder ist es doch schon wieder jenes angelernte, aufmunternde Lächeln, das ich zu ihr hinübersende?) Viel zu plötzlich lässt sie den Stoff wieder fallen, sinkt in sich zusammen. Am liebsten würde ich sie in den Arm nehmen, traue mich nicht, darf ich es doch nicht, weil es jeglichen Anordnungen im Umgang mit unseren ‚Klienten' widerspräche. Wie alt sie wohl sein mag – fünfundzwanzig, dreißig oder doch jünger? (Das Alter all der Flüchtlinge hier im Lager kann ich oft nur schwer oder gar nicht einschätzen) Wie jetzt nur einen neuen Faden finden? Ich weiß nicht. Nervös blicke ich auf meine Fingernägel. (Eigentlich sollte ich sie einmal neu lackieren.) Fast zärtlich bemüht sie sich, ihr Top glatt zu streichen („Hat es eine besondere Bedeutung für sie?", höre ich mich meine dienstliche innere Stimme fragen.) „Du könntest meine kleine Schwester sein, Naima", versuche ich das Gespräch wieder in feste Bahnen zu lenken. „Mhm." Ihre Züge sind jetzt schon wieder ein wenig weicher geworden. Ein zartes, feines Gesicht, durch das sich bereits tiefe Furchen des Lebens ziehen. Naima. Niemand weiß hier mehr als diesen Namen, mit dem die anderen Flüchtlinge sie rufen. Nichts weiter. Hat sie doch nicht nur ihre Papiere auf dem Weg nach Europa verloren. (Vielleicht haben sie ihr aber auch die

Schleußer ganz bewusst abgenommen.) Mehr konnte ihr bis heute keiner entlocken. Nicht die Besatzung des Schiffes, die sie und andere fünfzig oder sechzig noch retten konnten (ihren Bruder? Freund? Mann? nicht. Fast wäre sie ohne ihn aus Verzweiflung gleich wieder ins Meer gesprungen), nicht die helfenden Hände, die sie an Land in Empfang nahmen, wie viel weniger die „Offiziellen", die sie befragten, untersuchten und registrieren sollten. Auch ich nicht, zu der man schließlich die ewig Wütende, ja fast Boshafte brachte. Knapp eine halbe Stunde, die wir jetzt täglich miteinander verbringen, sie mich anstarrt, als wäre ich ihre ärgste Feindin, und ich mühsam versuche, ihr Wort um Wortfetzen zu entringen. Schier sinnlos Bemühen. Ich bin fast genauso erleichtert wie sie, wenn sie endlich aufstehen darf, um wieder zu gehen. Es gibt einfachere Fälle, die mir mehr liegen. Naima gehört wahrlich nicht zu ihnen.

„Weißt du eigentlich, wie schön du bist, Naima?", versuche ich das mühsam gefundene Gespräch nicht gleich wieder abreißen zu lassen. (Seltsam, dieses ‚Du' ist das Einzige, worin wir uns bislang näher kamen.) „Nein!" Hart klingt ihre Antwortstimme. Wie sie dieses „Nein!" meint, kann ich nicht entscheiden. Und doch habe ich wieder meine Linie gefunden: „Du musst nur lächeln, Naima, dann bist du noch schöner." „Nein!" „Aber du könntest es doch wenigsten probieren." „Ich will es nicht!" „Was?" Kalte Blitze, die mich streifen: „Wärst du geblieben?" „Wo?" „Dort. Als sie kamen, alles zerstörten, niederbrannten, alle, die nicht mehr fliehen konnten, niedermachten, töteten, wie, nein, das kann ich nicht sagen, nur mich und ein paar andere nicht. Weil wir ‚schön' waren, jung ... und sie uns für anderes noch verwenden konnten." Sie atmet tief durch. Erst dann kann sie weiter sprechen: „Nach Tagen haben sie mich frei gelassen. Irgendwo ausgesetzt. Weil sie mich nicht mehr brauchten und wollten. Sicher haben sie viel Schönere gefunden." Ein unerwarteter Gewittersturm an Worten und Emotionen, der über mich hereinbricht, über Naima, sie schüttelt. Nur mit Mühe kann ich verhindern, dass ihre Finger die eigene Hand zerkratzen. Und doch, plötzlich scheint ihr schützender Panzer einen Riss bekommen zu haben. Worte um Worte, die peu à peu aus ihm dringen; ungeordnet, wirr, nicht wirr, klar; mir scheinbar alles und doch vielleicht gar nichts berichten. Ich weiß, Naima wird mir alles erzählen, was sie sagen will, kann. Wort um Wort. Mehr darf ich nicht fordern. Will es nicht. Schon lange habe ich aufgehört mitzustenographieren. Ein mir fremdes und doch in Bälde vertrauteres Leben. Nur *darüber* wird sie schweigen. Wie fast alle, die solches erlebten. Aus Scham, der Angst, alles beim Aussprechen, erneut zu durchleben; dem Wunsch, sich alles ungeschehen denken zu können. (Auch wenn sie vielleicht ganz genau weiß, dass gerade dies ihr stärkstes Argument wäre, um hier in Europa bleiben zu können.) Aus Stolz. Seltsam, sie haben ihn alle ihn nicht verloren! Dort. Oder irgendwo auf tausenden Kilometern, ehe man sie aus dem Meer auffischte ... Schweigen. Nein, darüber wird sie nicht erzählen. Sogar mir nicht. Mag ich sie auch tausend und noch einmal tausend Mal fragen. Oder gerade deswegen ...

Augen, weit wie das Meer. Oder das karge Land und die Wüste, durch die sie die Pickups und ihre eigenen Füße trugen. Wellen, Steine, Sonne und Sterne. Der Wind auch, der nicht nur ihre Hoffnung weiter trug und verwehte. Sand, Schotterpisten. Spitzer Draht, der sie daran hindern sollte, ihren Führern zu entkommen, wenn sie scheinbar niemals mehr weiter zu kommen schienen. Waffen, die zuweilen nicht nur gegen Angreifer gerichtet waren. Dollarscheine, die sie nicht nur einmal abgeben mussten. (Obwohl sie gemeint hatten, doch schon vor dem Aufbruch alles bezahlt zu haben.) Der ängstliche Blick einer Eidechse, die sie eines Tages unter einem losen Stein entdeckte, das viel zu kleine Boot, in das sie ihre Führer mit so vielen anderen Mitfliehenden zwängten, nicht nur ein Mal jedoch, dass sie wenig später die schon zum Greifen nahe Überfahrt wieder abbrechen mussten, am nächsten oder übernächsten Tag von neuem: durch abgelegene Winkel des noch dämmrigen Hafens, dann durch das Wasser zu einem der Schiffe laufen, nur schnell muss es gehen, um nicht aufzufallen, ihr vor Wasser triefender Rock klebt schon nach wenigen Schritten an den Beinen, es ist gleich, nur jetzt nicht stolpern, nicht von einem der Mitflüchtenden ins Wasser gestoßen werden; nur weiter, schneller, um nur ja einen Platz auf dem Schiff zu bekommen; helfende Hände, die sie schließlich in die Höhe ziehen ... oder auch nicht ... irgendwie muss es gehen ... nicht nur ein wenig beginnt das Boot schon zu schwanken ... sich einen Platz auf ihm finden ... Wo? (Ist es besser, weiter innen in der Gruppe zu stehen. Oder doch lieber außen?) Eben ist die Sonne aufgegangen: ein feuriger Kreis, der sich bezaubernd schön über den Horizont schiebt. Naima sieht es nicht ... Wer hat denn jetzt einen Blick für Naturschönheiten? ... Cut ... Kleine Hütten, in denen viele Münder auf ihre Mahlzeit warten. Ihre Hütte? ... Ihre Kinder, deren Köpfe sie an jenem nicht erzählbaren Tag so lange aneinander stießen, bis sie sich nicht mehr bewegten; die älteren (oder eigentlich doch gar nicht so alten) Jungen des Dorfes, die sie zwangen, ihre eigenen Verwandten und Freunde zu erschießen, um nur selbst am Leben zu bleiben. Auch sie hatten sie mitgenommen, dafür, dorthin, aushalten, schweigen ... Wäre es nicht besser gewesen, diesem Inferno *nicht* zu entkommen? ... Verschiedene Salben und Blätter, die eine entfernte Verwandte ihr, der schließlich Ausgesetzen, Geretteten, Entkommenen, Entstellten auf die vielen Wunden legte; die Kraft magischer Worte, die sie heilen sollten ... die großen Städte im Norden, an denen sie viel später vorüber fuhren, ihr Cousin, mit dem sie schließlich äußerlich gesundet nach Europa fahren sollte. (Sie, die Jüngeren, die noch ihr Leben vor sich hatten, es schaffen könnten!) Fast alles, was sie hatten, hatten sie für diese Reise zusammen getragen. ... Das Meer, dessen südlichen Rand sie schließlich wie durch ein Wunder erreichten ... Und wenn der Wind aufkam, war sie aufgestanden, den Wellen entgegen zu treten, eine Hand in sie zu tauchen, zurückzuziehen; sie hatte schon gelernt, dass ihr Wasser keinen Durst stillen konnte. Warten. Worauf? Endlich über das Meer zu kommen. Dorthin ... Bei klarem Wetter schien es ihr so, als könnte sie ein Futzelchen Europa erkennen. Wie lange würde ihre Flucht noch dauern? Tage? Viele Tage? Manche hier warteten schon seit Wochen, Monaten ... (War es etwa auch eine Frage des Geldes, wann sie von hier fort kommen konnten?) Geduld mussten alle jetzt lernen. (Wenn man sie nur jetzt nicht aufgreift, in Lager steckt, vergisst, verhört, schlägt, um sie dann dorthin zurückzuschicken, woher sie kamen!) „Du gehörst nicht hierher, Naima!" Fremd, heimatlos. Ein Baum mit entrissenen Wurzeln. Nur der Wind trug ihre Äste in die Ferne. Irgendwohin. Manchmal begann sie leise zu singen. Melodien, die sie von Kindertagen her kannte, und später auch ihren kleinen Zwillingen vorgesummt hatte. (Wie viel Ärger gab es damals, als sie eines Tages dabei unachtsam geworden, ein großes Wassergefäß umkippte!) Ihre Lieder, so fein, so traurig und wehmütig wie die Sprache, deren Klang ihr hier so fehlte. Fremde Zungen, die sie bald fast nur noch hörte. Dort schon, als sie Naima vom Ladedeck des Pickups rissen und mit sich schleppten. Ihr Cousin konnte nichts für sie machen. Jeder muss hier auf seine Weise für die Weiterfahrt zahlen, wenn kein Geld mehr da ist, und ihre Führer dennoch immer neue Dollar fordern ... Steine, die sich in ihren Rücken bohrten, Staub, ein kleiner Strauch, seltsam dass sie hinter ihm Deckung suchten und es nicht gleich vor allen taten; ein runder Stein, in den sich ihre linke Hand verkrampfte. (War es dort mit der Eidechse gewesen?) Nicht nur äußerliche Wunden, die von neuem aufbrachen und brannten. Worte, die fehlten ... Schließlich hatten ihre Peiniger sie wieder auf den Pickup gehoben und ihrem Cousin übergeben. („Da hast du sie. Sei schön artig und sag' danke fürs Weiterfahren.") Stumm hatte er sie in den Arm genommen, obgleich sie sich jetzt auch gegen seine Nähe wehrte: „Wir müssen durchhalten, Naima, du und ich – für ein besseres Leben!" Stummer Hass (auf wen?): „Du kannst gut reden! ... Entschuldigung ..." Tränen, die sie beide schon nicht mehr vergießen konnten. „Mit Gottes Hilfe wird alles gut werden." Durchhalten. „Und wenn alles zu schwer wird, denk an das Gestern, vor dem wir fliehen." Die Hoffnung stirbt zuletzt. Irgendwo in Ägypten, Tunesien oder Libyen (Namen von Städten und Ländern will oder kann sie mir nicht nennen) hatte sie von einer Mitleidigen einen neuen Rock und jenes von ihr jetzt so innig geliebte Top bekommen. (An der Innenseite war ein Zettel mit einer Adresse und Handynummer angeheftet gewesen.) „Danke!" Die Frau verschwand sofort wieder in der Menge. Alles ging so, wie es gehen sollte. Ein erster Hauch Europa, der ihre Haut berührte. Wie stolz sie war, all dies es jetzt tragen zu können. Natürlich hat sie ihre alten Sachen behalten. Sie würde sie später gewiss wieder herrichten können! Erinnerungen. Wie viele hatte sie schon verloren. Ihr Cousin. Ihre Tante, ihr Onkel, ja das ganze Dorf, die ihnen beiden nachwinkten und Glück wünschten, als sie zu ihrer großen Fahrt aufbrachen. Auch ihn sollte das Meer verschlingen. Später. Oder früher? Gibt es denn noch ein zweites Meer als dieses, das ich meine? Fragen. Auch mein Kopf beginnt zu schwirren. Ich kann Naimas Worten schon nicht mehr klar folgen. Alles kommt in ihrem Bericht durcheinander: Zeit, Raum, Ereignisse, die sie in den letzten Monaten erlebte. Hat sich denn alles in ihrem Kopf in Unordnung aufgelöst?, frage ich mich langsam. Oder will sie mir gar keinen klaren Bericht geben, mich in die Irre führen? Ich beginne zu zweifeln. Nicht zu zweifeln. Warum würde sie mir sonst überhaupt etwas erzählen, wenn sie die Wahrheit nicht sagen möchte? Oder gerade deswegen? Egal. Nicht egal? Was soll ich mir darob jetzt den Kopf zermartern. Es sind ohnehin nur noch Augenblicke, die uns heute noch bleiben. Fast förmlich stehe ich auf, ihr die Hand zu geben. (Oder darf ich sie jetzt zum Abschied umarmen?) Da legt Naima ihren Zeigefinger über die Lippen: „Bitte verrate mich nicht. Niemand darf es wissen!" Ihr Flüstern kann man kaum vernehmen. „Was?" „Alles! Morgen werde ich nicht mehr hier sein. Irgendwo. Nur nicht hier, wo ich keine Zukunft habe. Du darfst nur nichts sagen." Ich nicke stumm. Augen wie das Meer, die plötzlich nicht mehr nur durch mich hindurch starren. Einen Augenblick lang, bis sich ihr Blick wieder zu Boden senkt und sie meine Hand loslässt. Dann gehen wir auseinander, als würden wir uns auch morgen wie gewohnt gegenüber sitzen. Donnerstag. Wenn alles gut geht, wird sie morgen oder spätestens übermorgen am Ziel ihrer Reise ankommen. Wo? Mit wem wird sie dorthin fahren? All das traue ich mich schon nicht mehr zu fragen. Diese in ihrem Bericht erwähnte und ihr vielleicht gar nicht so unbekannte Frau, die ...? Fragen, die mir nicht zustehen. Ist es nicht ohnehin besser, wenn ich die Antworten nicht kenne? Irgendwo. Ich habe dieses schwarze Top mit Löwenkopf und glitzernden Augensteinchen vor ein paar Tagen in einer Pariser Boutique gesehen ...

Nichts ist soeben zwischen uns geschehen. Nur wirre Sätze, die Naima mir eine halbe Stunde lang erzählte. Mehr nicht. Ich werde auch heute wieder nur leere, nichts sagende Floskeln in mein Protokoll eintragen ... Naima ... morgen ... übermorgen ... Augen, wie das Meer ... nicht nur die Entstellungen und Narben, die sie mir wütend zeigte, werden mir lange noch vor Augen bleiben ...

Sie hasste ...

Sie hasste: seine Stimme, seine Art, wie er zu ihr trat, seine Hand auf ihre Schulter legte: „Du hast den Boden in E24 nicht sauber gewischt." Oder die Toiletten im zweiten Stock ganz hinten. Auch wenn es nicht stimmte. Hasste ihn, wenn er ihr verbat, während und nach der Arbeit mit anderen zu sprechen, ganz gleich, ob es Leute vom Haus oder anderswoher waren. Hasste ihn, wenn sie die Säcke mit Müll die Treppe in den Keller schleppte, und er – wie zufällig – neben den Müllcontainern wartete: „Du scheinst ja viel Zeit zu haben, wenn du zig Male den Weg gehen kannst. Time is money – nimm gefälligst auf jede Schulter einen." Sie schluckt, biss sich auf die Lippen, um nur ja keine Antwort zu geben. Am nächsten Tag trug sie zwei Säcke auf einmal. Istvan grinste: „Geht doch, lernfähig scheinst du wenigstens zu sein." Sie hasste seine Art, sie anzustarren, wenn sie den Sack über den Kopf hob, um ihn in den Container zu wuchten, oder sie unter seiner Aufsicht mit gefordert kraftvoll-ausholenden Bewegungen den Gang putzen sollte. Hasste ihn, wenn er wieder sein Heft hervorholte, auf der Seite S, wie Svenja, einen Eintrag machte und ihr am Monatsende den Lohn nicht auszahlte, weil sie nur Fehler mache. Hasste ihn bodenlos, wenn er dann seine väterliche Miene aufsetzte und anbot, ihr wieder einen kleinen Vorschuss für den folgenden Monat zu geben (große Ausnahme, sie müsse ja von irgendetwas leben!), wenn ... wenn ... sie verstehe schon, was er meine ... Hasste ihn ... „Nein!" Istvan zuckte mit der Schulter ...

Ja, sie ist dumm gewesen. Naiv. Aber – wer hätte denn in ihrer Situation diese Chance abgeschlagen, aus dem Nichts wegzukommen? Wer kann denn bei ihr zuhause noch leben: ohne Perspektive, jemals wieder ein zumindest halbwegs normales Leben führen zu können; ohne Angst zu haben, ohne beständige Repressalien von allen Seiten zu erleben, Willkür, ohne auch jetzt noch (trotz Minsk II!) aus der Ferne Geschützlärm zu hören und verdächtige Fahrzeugkolonnen durch die Straßen rollen zu sehen, die dich beständig an schon einmal Erlebtes erinnern. In einem Haus, das in der Frontlinie zweier Konfliktparteien gelegen, einer Straße, die alle Seiten für sich beanspruchen – strategisch wichtig heißt das so schön – und wechselseitig einnehmen. Welcher Kämpfer stellt sich da nicht zumindest kopfkinomäßig vor, sich einen Ausgleich für erlittenes Leid oder Langeweile an der Straßensperre vor ihrem Fenster zu suchen: „Ich kann dir dafür auch alles besorgen, was du brauchst …" Welcher auch noch so kleine Möchtegernbeamte kann ihr nicht drohen, sie einschüchtern, ihr klar machen, dass jetzt sie hier das Sagen haben und alles durchsetzen können, wenn sie es wollen. Und dann kommst du irgendwo auf einem Waldweg abseits jeglicher Zivilisation wieder zu dir und kannst dich noch glücklich schätzen, dass es nur so und nicht noch schlimmer gekommen ist. Vieles lässt sich reparieren. Einiges jedoch nicht. Aber das verstehen diese Typen in ihren Phantasieuniformen ja nicht. Oder wollen es gerade deswegen. So ist Krieg. Auch wenn es nur Paramilitärs im Schatten richtiger Kriegsherren sein sollten. Auch erstarrter Horror kann so etwas wie Alltag werden. Und doch: nach einigen derartigen Erlebnissen, würdest auch du sogar durch die Hölle gehen, um der Hölle zu entgehen. Ein Freund eines Freundes hatte Svenja schließlich den Tipp gegeben. Eine todsichere Sache: ein richtiger Arbeitsvertrag, der problemlos ihren dortigen Aufenthalt legalisieren würde, eine Wohnung, die sie dafür ja nachweisen müsste. Sogar krankenversichert würde sie dann sein. No problem. Putzen könne sie ja. Und wenn nicht, könne sie es lernen. Ein bisschen mulmig ist es Svenja schon gewesen. Zumal die Provision für die Sache fast zwei Stipendien-Monate hoch war. (Aber sie werde gut verdienen!) Also Schwamm darüber. Alles ist besser als weiter im „Neuen Russland" zu leben. Dachte sie. Bis Istvan ihr den Lohn nicht auszahlte und Tags darauf die schon längst überfällige Miete für die letzten beiden Monate einfordern …

Sie könne nicht zahlen? Dann habe er da eine Alternative. Diese! Svenja ist vor Augen schwarz geworden.

Feiner Nieselregen berührt ihre Wangen, als sie sich auf den Heimweg machte. Kleine feuchte Stecknadelköpfe. Zweige, die sich schon merklich im Wind wiegten. Es würde noch Starkregen geben. Ein Unwetter vielleicht wirklich, vor dem man schon im Radio gewarnt hatte. in Seltsam, dass Istvan nicht auf den Gedanken gekommen war, sie wie gewohnt bis zur Bushaltestelle mitzunehmen. Als ob er sie mit einem Fußmarsch bei Unwetterregen bestrafen wollte. Wofür? Dass sie ihm nicht mehr blind gehorchte. (Obwohl sie genauso gut wie er wusste, dass sie das Geld nie zusammenbringen könnte.) Alleine im Sturm als Strafe. Ist das überhaupt eine? Daheim liebte sie es, bei Regen auf die Straße zu gehen, ihre Arme auszubreiten, den Regen in sich aufzunehmen. Leben, Freiheit. Istvan konnte nicht ahnen, dass dies das größte Geschenk war, dass er ihr in dieser Situation noch machen konnte. Fern aus dem Westen grollten leise Donner, Blitze, die den Himmel erhellten. Die Entfernung des Gewitters zählen: einundzwanzig, zweiundzwanzig ... Windböen kündeten von stärkerem Regen. Wenige Straßenzüge weiter war eine wohl nie oder nur im Herbst gemähte Wiese, zu der sie Emina einmal mitgenommen hatte. Jetzt würden sich dort die langen Halme bis zum Boden neigen, wieder aufstehen, um sogleich wieder niedergedrückt zu werden ... und sich wieder aufzurichten. War das ein Gleichnis? Wofür? Ein Symbol, zu leben. (Trotzdem!) Svenja konnte es nicht sagen. An der Kreuzung müsste sie nach links abbiegen, dann ein Zebrastreifen und wenig später eine kleine Querstraße bis zum Ende. Immer geradeaus. Wie gut, dass sie sich trotz ihrer Angst vor Istvans Strafe, doch den Weg gemerkt hatte. Eilige Passanten, die ihr entgegeneilten, ihre Regenschirme festhielten oder schon genervt wieder zusammenklappten und sich wunderten, warum diese Frau da alle Zeit der Welt zu haben schien, trotz Regen langsam die Straße entlang zu trippeln. Wolkenbruchschauer. Es wäre besser gewesen, gescheite (sprich wasserdichte!) Schuhe anzuziehen, die wasserdicht waren, auch einen Regenschirm mitzunehmen hatte sie vergessen. Wer konnten denn ahnen, dass der Tag so enden würde. Einerlei. Nicht einerlei.. Emina hatte ihr einmal eine Probepackung Frutis mitgebracht. Zuhause würde Svenja es verwenden. Als ob es jetzt wichtig wäre, sich die Haare zu waschen! The game is over. Einen Tag hat Istvan ihr Zeit gegeben. Das sind vierundzwanzig Stunden, um das Geld aufzubringen. Irgendwie! Nur wie? Einfach Leute auf der Straße ansprechen? (Als ob das einfach wäre!) Geld ‚organisieren'? (Als ob sie das könnte.!) Oder sollte sie nicht besser versuchen, von der Bühne zu verschwinden? Wie Emina. (Ist es bei ihr genauso gewesen?) Die kluge Emina, die immer eine Lösung wusste, auch wenn es keine Lösung mehr zu geben schien. Die einfach aus ihrem Übergangslager getürmt war, um für Istvan zu arbeiten, weil ihr Asylantrag eh keine Chance hatte. Putzen als bessere Alternative für den Übergang. Auch wenn sich Emina über den Job und Istvan keine Illusionen machte. Wenigstens gab es jetzt einen großen leeren (und vor allem ruhigen) Raum, in dessen Ecken seine vier Bewohnerinnen all abendlich ihre Matratzen und Decken schleppten. Des Morgens wieder zurück auf dem Stapel. Alles musste unbewohnt erscheinen. Ihre eigenen Sachen durften sie während der Arbeit in Istvans Büro abstellen. Ein Anfang. Wenigstens keine Afghanen und Syrer mit ihrem Machogehabe und keine Nigerianerinnen, die nur ihre Köpfe zusammensteckten und ansonsten zu nichts zu gebrauchen schienen. Eigentlich schade. (Vielleicht waren es auch Eritreerinnen gewesen.) Alles ist besser als weiter dort zu bleiben! Sogar Istvan Großmachtgebaren. Alles ist relativ. Nach der Arbeit ist sie immer gleich in die Stadt gefahren, obwohl Istvan es ihnen verboten hatte. „Regeln sind da, um gebrochen zu werden. Wenn sie Unsinn sind, oder?" Svenja hätte sich nie getraut, so etwas laut zu sagen. Ganz zu schweigen davon, es wirklich zu tun. Emina schon. Die schöne Emina, die sie alle nur Suleika nannten, weil sie ohne wenn und aber auch auf Goethes Divan gepasst hätte. Manchmal hat sie sogar Svenja zu ihren Exkursionen mitgenommen. Ja, ohne Emina hätte sie sich nie getraut, mehr als nur die hundertzwanzig Schritte von ihrer Wohnung bis zum Discounter an der Ecke zu gehen. Ganz zu schweigen davon, einfach Leute auf der Straße anzusprechen, ohne eigentliches Ziel durch die Läden zu streifen, so zu tun, als würden sie groß einkaufen und sich dann doch nur eine Kleinigkeit für allemal fünfzig Cent zu nehmen. Und dass sie für Svenja auf dem Flohmarkt ein im Geschäft sündhaft teures neues Paar Stiefel zum Preis von zwei Euro erhandelte, war schier eine verkäuferische Meisterleistung gewesen. Emina schien überhaupt für solche Sachen wie geschaffen. Ein bunter Fisch in der wohlversorgten deutschen Karpfen- und Forellenwelt. Ein Zigeunermädchen eben, wie sie freimütig sagte. Als ob sie überhaupt keine Bedenken hätte, man könne es ihr negativ auslegen. Die einerseits jeden Kassenbon sammelte, da sie wusste, dass sich die Ladendedektive mit Vorliebe auf so eine wie sie stürzten, andererseits sich nur kurz umschaute, ob gerade jemand käme, dann flink über den Zaun kletterte, einen geschürzten Rock voll Walnüssen sammelte und sie Svenja durch die Gitterstäbe hindurch reichte. (Svenja wäre am liebsten über alle Berge verschwunden.) Später saßen sie dann in einem winzigen Häuschen auf dem Kinderspielplatz zusammen, Wallnüsse zu entschalen, knacken und zu essen. (Schade, dass sie keinen Honig hatten. Sonst wären sie gewiss ihr ganzes rstliches Leben lang gesund geblieben!) Oder Bucheckern, die Emina im Park sammelte, ausschälte und vor Hunger gierig verschlang. (Sie alle hatten Hunger!) Auch anderes fand sich in Hülle und Fülle: Haargummis, Mützen, diverse Tücher, Centmünzen, einmal sogar eine Strickjacke. (Überreife Bananen, die keiner mehr essen wollte, lassen sich mit etwas Öl zu Shampoo verarbeiten.) Was Emina alles im Vorbeigehen bemerkte! Die alte Frau etwa, die sich nicht auf die Rolltreppe traute. Emina hat ihr natürlich geholfen. Sie hätte dafür sogar einen Euro bekommen. Ebenso natürlich wollte Emina ihn nicht annehmen. Obwohl sie ihn so gut gebrauchen konnte. (Svenja ist ihr deswegen fast böse gewesen.) Wege zum Abkürzen können leicht vor Zäunen enden. Kein Problem, solange sich Durchschlüpfe finden! Dumm nur, wenn ausgerechnet dort Brennesseln wachsen. Na und?! Svenja wäre lieber die ganze Strecke zurückgelaufen. Aber keine Chance, wenn Emina es nicht wollte. Dafür hatte sie gleich Hände voll Brennesseln mitgenommen, um davon abends Suppe zu kochen. („Eigentlich ist das bei mir zuhause nur für die Schweine. Nun ja, vielleicht sind wir ja hier nicht viel besser!") Dagegen war der Salat aus Bärlauch und Sauerampfer schon eine Delikatesse! (Das kannte Svenja auch von daheim.) Manchmal bekam Emina von den Händlern auf dem Markt sogar frisches Gemüse. Und aus den Holzsteigen ließen sich tolle Möbel bauen. Was Emina sonst noch alles in der Stadt machte, wollte Svenja lieber nicht wissen. Auf alle Fälle ist sie eigentlich fast immer lustig gewesen. Egal wie sie die Arbeit mitnahm oder Istvan sie stresste. Und so war es auch für die anderen erträglich oder zumindest erträglicher geworden. Lachen ist wichtig, um zu überleben. Auch wenn es nur Lachen ist unter Tränen. Bitteres Lachen. Der Unterschied ist nur Insidern zu verstehen. Punkt. ... Doch dann ist Emina einfach nicht mehr zu ihnen zurückgekommen. Ohne etwas zuvor zu sagen. Aus und Schluss. Istvan zuckte nur mit den Schultern, als sie am nächsten Morgen nur zu dritt in der Arbeit erschienen. So als wäre es ganz natürlich, dass Emina fehlte. Seltsam, wie häufig in dieser Firma die Belegschaft wechselte. Und keiner fragte. Weil jeder wusste, dass jede Frage mit Negativeinträgen in Istvans Heft geahndet wurde.. Oder auch mehr. Aber auch darüber herrschte eisernes Schweigen. Emina war und blieb verschwunden: ein Tag, zwei, drei, eine Woche. Da lag es an Svenja, zu zeigen, was sie gelernt hatte. Es war eher nur ein Improvisieren geblieben. Sie ist nicht Emina! Aber ein bisschen konnte sie ihren Geist doch in die Gruppe weitergetragen. Ein Unruhefaktor. Und Istvan hatte sich auf Svenja eingeschossen. (Deshalb? Oder war alles schon lange so geplant gewesen?)

Ein Tag sind vierundzwanzig Stunden. Nach Menschenermessen konnte sie es niemals schaffen. Und dann? Sie hasste: Istvan, ihre Arbeit, das, was sie dann machen sollte. Bis sie ihre Schulden abbezahlt hätte. Daneben könne sie ja auch weiterhin putzen. (Wenn sie es denn unbedingt wolle.) Nein, sie würde es niemals machen ...

Ruhig nachdenken, Svenja: Wo könnte sie Emina finden? Irgendwie ...

Sie musste Emina finden!

Wegen die Musik

„Wegen die Musik." Ja, wenn *sie* auf dem Akkordeon spielen würde, würden die nur so klimpern. Ganz gewiss. Dann müssten sie sich keine Sorgen machen! Würde auch Papa wieder lachen, Mama und die kleinen Geschwister. Aber. „Du bist noch zu klein. Und außerdem ..." Außerdem gäbe es Ärger. Auch wenn Leila nicht verstand, warum es hier wegen etwas Ärger gab, das bei ihr zuhause nicht einmal eines Wortes würdig wäre. Also nicht spielen, nur Papa in der S-Bahn begleiten, wenn er seine Stücke spielte: leise, zaghaft fast, nein, so konnte es mit dem Geld nie etwas werden; blickten die Leute nur weg, gelangweilt, genervt oder müde. Was half es da, dass Leila ihnen ihr buntes Kästchen unter die Nase streckte, energisch den Kopf in den Nacken warf und mit den Augen funkelte: „Wegen die Musik!" Nichts. Und wenn dann all die Fremden ostentativ zur Seite schauten, in ihren Rucksäcken und Taschen kramten oder sich in ihre Smartphondisplays vertieften, konnte sie vor Wut, Empörung, Machtlosigkeit oder einfach Enttäuschung nur schreien. Natürlich tat sie es nicht. Sie durfte doch Papa keinen Ärger bereiten, musste fröhlich bleiben, mit den Augen funkeln und durch ihre Präsenz das Nichtganzdurchschlagen von seinen Melodien überspielen. Psychologie. Einem kleinen Mädchen mit schwarzen Kohlestücken in den Augenhöhlen und einem ebenso schwarzen Zopf auf dem Rücken gibt man eher etwas als einem mittelalten Papa mit seinen eigentlich doch nur mittelmäßigen Musikkünsten. Klar, dass auch Leila dies durchschaute. Anwendete. Sogar beim ersten Mal, als ihr nur ihre Neugier geholfen hatte, auf all die fremden Leute zuzugehen. Ja, sie wusste, wie sie ihr buntes Schächtelchen zum

Klingen brachte: Lächeln, große runde Augen, die Fröhlichkeit und Entschlossenheit versprühten: „Wegen die Musik!" Mal mehr, mal weniger. Natürlich war es für sie alle immer viel zu wenig. Aber ... wenn sie auf Papas Akkordeon spielen dürfte, ja – wie würde sie dann spielen: laut, fröhlich – alle im Zug würde sie mit ihren Melodien mitreißen; ihnen ein Lächeln auf das Gesicht zaubern, sie in eine fremde Welt entführen. Ihre Welt. Nicht dieses blöde, viel zu ernste und ordentliche München, in dem sie nicht einmal auf der Wiese vor der dem Haus oder gar auf der Straße spielen durfte, und die anderen Mieter verärgert schimpften, wenn sie und ihre Geschwister laut die Treppen rauf und runterstürmten und ganz anders waren als all die anderen Kindern dieses Hauses; wo alle sie argwöhnisch und abfällig musterten, so als wären sie kleine Verbrecher: „Zigeunerpack!". Manchmal hörte sie es den Hausmeister schimpfen; oder die alte Frau mit dem Stock aus der Wohnung gegenüber. Auch wenn Mama ihr nicht nur einmal die Einkaufstaschen in den vierten Stock schleppte. „Zigeunerpack!" Aber was konnten denn sie dafür, dass sie so waren. Jeder ist so, wie er ist. Punkt. Sieht so aus, lebt so, lacht und weint. Warum wollte das den Leuten hier nicht in den Kopf gehen?! Obwohl es doch hier allen gut geht. Oder zumindest viel besser, als es ihnen bei Leila zuhause gegangen wäre. Dort. Hier. War es also dort besser? Ja, nein, vielleicht. Vielleicht nicht. Wie das alles vergleichen? Natürlich ist es hier besser. Gewiss. Und doch ... daheim war sie lieber. Auch wenn sie damals oft tagelang fast nichts zum Essen hatten, es im Winter kalt war und fast keine Kohle ... Aber dort waren ihre Freundinnen, war ihre Welt, die sie kannte, wollte ... Manchmal wäre sie am liebsten in diesen klappernden VW-Bus gestiegen, mit dem sie vor ein paar Wochen hierhergekommen waren, um einfach heim zu fahren. Nicht weil es dort besser war. Sondern, weil sie nur weg von hier wollte. Weg aus diesem Land, in dem sie niemanden kannte, verstand, in dem ihr ein ganzes Leben fehlte. Geheime Träume. Natürlich durfte es Papa nicht wissen, Mama nicht. Natürlich würde sie nie alleine wegfahren. Brauchte doch Papa und Mama ihre kleine Große. Das Leben ist viel zu hart, um nur an sich selbst zu denken. Zusammen ist man stark – das wusste auch sie schon mit ihren sieben Jahren. Gemeinsam kämpfen. Jeder wie er kann. Tag um Tag. Manchmal zog sie mit Varvara durch die Straßen, um Rosen zu verteilen. Ein Euro, den sie dafür bekamen, manchmal zwei, oder eben keinen. Rosen – rot, gelb, mit Dornen oder ohne. Je nachdem wie sie sie bei Lidl oder Aldi billig bekommen konnten. Papas fast verzweifelte Musikexkursionen an anderen Tagen. So wie heute, hier, jetzt, irgendwo in einer S6 zwischen Pasing, Laim und Hirschgarten. Ja, wenn Papa sie wenigstens ein Mal mit dem Akkordeon spielen ließe, hier im Zug oder meinetwegen in einem der blauen Omnibusse, dann würde sie … und dann, nach dem ersten Stück, würde sie Mimi mit dem Schächtelchen herumschicken. Und alle, alle würden etwas geben: Zehncent-Stücke, zwanzig, fünfzig, vielleicht sogar zwei Euro. Ja, sie würde es richtig machen. Nicht so wie Papa, der sich immer klein macht, als müsste er sich dafür entschuldigen, dass er hier musiziert. Den Leuten eine Freude bereitet. Und ganz nebenbei für eine ganze Familie sorgt. Aber Papa ist leise, übervorsichtig, an jeder Station hört er auf zu spielen, schaut um sich, nach vorne und hinten, versteckt sein Akkordeon wieder in der Bauchtasche. Ganz unsicher steht sie dann an seiner Seite, kaut auf ihren Haaren (auch wenn sie das gar nicht tun soll!), wartet, dass er sein Instrument wieder auspackt und die ersten Töne anspielt; oder ihr ein Zeichen gibt, schnell aus dem Zug auszusteigen, zuweilen sogar den Bahnsteig zu verlassen oder zu einem Gleis gegenüber. Warum? Kann man denn so jemals mehr als ein paar Centmünzen verdienen? Sicher nicht. Das müsste doch auch Papa wissen! Aber Papas Angst ist größer; Papas Angst vor den Polizisten, Kontrolleuren, ja sogar den Fahrgästen, wenn sie ihn auch nur ein bisschen böse anschauen. Warum nur? Warum muss er sich hier ganz klein machen; sich verstecken; alle Hoffnung aufgeben? Zuhause war er doch immer ein stolzer Mann gewesen! War er hier nicht schon lange zu seinem eigenen Schatten geworden? Er – sie hat doch auch keine Angst, sie Leila, ein kleines Mädchen! Wie das alles erklären? Verstehen? Nicht verstehen.

Oder sind es gerade kleine, siebenjährige Mädchen mit Kohlestücken in den Augen, die in diesem manchmal fremden und oft so kalt erscheinenden Land keine Angst haben müssen? … Oder sie besiegen. Wegen die Musik.
Es muss sie nur geben …

Steine – werfe sie nicht

Sarajevo ... nachdenklich geht Jovan durch die Straßen. Der Tragriemen seines altmodischen Cellokastens drückt fast schmerzhaft seine Schulter. Metallschließen verbinden die einzelnen Teile. Sie wimmern ganz leise. Er kann es ertragen. Die Erinnerungen auch. Sie sind nicht verflogen. Auch nach all den Jahren nicht, die ihn jetzt schon von damals trennen. Wie könnte es auch anders sein, kann doch jede Straße, jede Kreuzung oder Brücke ihre eigene Geschichte erzählen. Ihre ... und damit auch seine. Dort, ja dort, hat er früher immer (vor dem Krieg!) mit seinen Freunden (Serben, Bosniaken, Roma, Kroaten – ganz gleich, sie mussten nur zusammen passen!) herumgehangen oder auf dem Rasen Fußball gebolzt, dort, an dieser Kreuzung ist er einmal von einem Polizisten angehalten worden, war er doch bei Rot über die Ampel gelaufen. Kindereien. Wenig später sind nicht mehr grüne oder rote Ampeln Richtmaß zum Überqueren der Straßen gewesen, sondern die Wahrscheinlichkeit, heil und lebendig auf der anderen Seite anzukommen. Gruppenerlebnisse der besonderen Art. Wildfremde Menschen, die untereinander diese eine Frage in Variationen beraten: Laufen? Jetzt? Oder besser doch noch ein wenig warten? Sehen, was die anderen machen? Aber eigentlich möchte ich nicht Stunden brauchen, bis ich zur Wasserstelle komme. Oder woanders hin. Zu Freunden etwa. (Ja, sie gibt es sogar jetzt noch!) Noch mehr Fragen des täglichen Überlebens auf den Straßen: Ist die Kreuzung im Moment im Visier eines Heckenschützen? Wie groß ist die Wahrscheinlichkeit, dass er gut ist? Mich treffen könnte? (Und ist es dann besser, wenn er gut ist oder eben nicht?) Wie wichtig ist es mir, an mein Ziel zu kommen? ... Die Menschen neben dir und auf der gegenüberliegenden Seite beobachten. Bangen, wenn einer es schließlich (doch) wagt, loszulaufen. Ein

Adrenalinschub – nicht nur für den Wagemutigen selbst, den da im Verborgenen, der ihn vielleicht schon im Visier hatte, auch für all diejenigen, die nur passiv am Straßenrand standen. Was bedeutete es, wenn nichts passierte? (Entwarnung? Oder wartete der da in den Bergen nur darauf, dass sich jetzt mehr Leute über die Straße wagen?) Und was, wenn man auf ihn schösse? (Und dann? Wer hat dann den Mut, ihm zu helfen … wenn er noch lebte … wenn nicht? Ich? Du? Kleine oder große Nicht-Helden des Alltags. Wie einfach konnte ein jeder zu einem solchen werden.) Warten. Irgendwann doch einen Entschluss fassen – seinen: Umdrehen, um es später (morgen?) noch einmal zu versuchen? Einen Umweg der eigenen Unsicherheit vorziehen? Oder doch? … Okay, es versuchen! Dann kamen gleich neue Fragen: Ist es besser in schnellen Schritten über die Straße zu spurten (aufrecht wie ein Strich oder zusammengekrümmt – was bietet eine bessere Angriffsfläche?) oder sein Tempo unerwartet und unkonventionell zu variieren, Haken zu schlagen (wie machen das eigentlich die Hasen?), Schlangenlinien zu gehen wie ein Betrunkener, oder so zu tun, als gäbe es gar keine Heckenschützen, keine Gefahr, gar nichts, nur den Wunsch, möglichst schnell nach Stari Grad oder anderswohin zu kommen, oder …? Es gab so viele Strategien wie Menschen an den Kreuzungen der gefährlichen Straßen. Dort … Freiwild im Visier der Sniper im Verborgenen. Alle. Natürlich auch Jovan. Und hätte er eine Waffe gehabt, wäre auch er sicher zu den Verteidigern seiner Heimatstadt gegangen. Nicht so sehr wegen der Sache an sich, was schert sich auch ein noch Halbwüchsiger um solche Fragen, sondern um nicht tatenlos zuzusehen. Um etwas zu machen. Eine Wahl zu haben. Er hatte keine. Damals nicht. Natürlich auch später. Später, nachdem die schon schier zeitlos gewordene Belagerung seiner Stadt ein Ende gefunden hatte und langsam wieder Normalität in das Leben einzuziehen schien. (Bald langsam wie eine Schnecke. Manchmal schnell und gerissen wie eine Katze.) Neuanfang. Oder zumindest der Versuch, einen solchen zu wagen. Nur für Jovan nicht. Steine, Flaschen, Scherben. Wie viele Fensterscheiben hatte er aus Hass, Verzweiflung oder Perspektivlosigkeit zertrümmert? (Ein runder Stein, wie klirrend klingt es doch, wenn Glas unter seinem Aufprall zersplittert; gleich noch ein zweiter in das gleiche Fenster. Oder noch besser: in das Fenster daneben. Schnell wegrennen, im Laufen sich schon den nächsten Stein angeln. Menschen anrempeln, einfach nur so, weil es Spaß macht, es zu tun. Oder wieder besser, ihnen gleich noch die Geldbörse aus der Gesäßtasche ziehen. Oder etwas anderes aus der Einkaufstasche. Ein Sport für ihn. Was sollte er auch anderes mit seinem bahnlos gewordenen Leben anfangen? Adrenalinstöße, der Rausch unsichtbarer Macht, die ihn am Leben hielten, immer zu neuem Aufbegehren trieben. Sarajevo ist groß. Eine noch immer unsichtbar geteilte Stadt desgleichen, nicht nur in den Köpfen ihrer (eben nicht) gesäuberten Bewohner. Wochen, Monate. Leben, Überleben. Irgendwie. Möglichst gut. Aber was heißt schon gut in solchen Sachen? Für Jovan schien es keine Grenzen mehr zu geben. Nur die Grenzen der Nacht, des Tages, des Hungers, des sich Irgendetwas-in-den-Mund-Stopfens, der kleinen Triumphe, Niederlagen, der Kälte im Winter, der Hitze im Sommer. Mehr war nicht mehr in seinem Herzen geblieben. Tag um Tag ... Woche um Woche. So hätte es weitergehen können. Bis es eben nicht mehr weiter gegangen wäre.

Er ging vor ihm auf der Straße: klein, gebückt, alt. Ein ideales Opfer also. Die Geige auf seiner Schulter könnte Jovan auch noch mit den Füßen zertreten. Also los. Es sind ja nur ein paar Handvoll Schritte. Schnell, ein Stoß, der zweite Schritt sogleich ... doch halt: Er bleibt stehen, dreht sich um (hat er ihn bemerkt?): „Schämst du dich denn gar nicht, so was zu machen?" Zum ersten Mal seit Unendlichkeiten, dass ihm jemand mit Worten begegnet. Jovan zögerte, überlegte. Dieser Alte blieb einfach ruhig stehen. Schrie nicht, versuchte nicht wegzulaufen oder sich zumindest gegen den drohenden Angriff zu schützen. Schien der denn gar keine Angst zu kennen? „Wirf den Stein weg! Dann können wir reden." Jovan schäumte vor Wut: Was nahm sich dieser komische Kauz da heraus, ihm Befehle zu erteilen! Ihm, Jovan, um den selbst Ältere einen Bogen machten! Herausfordernd wog er den Stein in den Händen. (Ein schöner Stein, handlich, glatt. Mit solch einem Stein kannst du ideal dein Ziel finden! Eigentlich viel zu schade, um ihn für so ein verlorenes Subjekt, wie den da, zu vergeuden ...) „Verpiss dich, Alter, sonst ..." „Also, wirf ihn weg, oder ..." „Was?! Hast mir nichts zu sagen!" Eigentlich sollte er dem da jetzt eine Lektion erteilen, die er nie mehr vergessen würde. Hier nicht – vielleicht auch dort nicht, wo die Engel ihm sicher singen würden. (Für solche Typen machen sie das ja dort immer! Mit Harfenbegleitung wohl auch ... oder kriegt der da sogar einen Posaunenchor als Begrüßung?!)) Aber ... Stopp, innehalten – zögern. Überlegen. Was weiter? „Du solltest anderes machen, als diesen Quatsch da!" „Was?" Jovans Kopf rotierte. Was gab er sich denn mit dem da ab?! Was begann er denn jetzt schon mit ihm zu reden?! Unsinn. Meinetwegen, ich will ja nicht so sein, soll er halt ungeschoren davonkommen und seines Weges gehen. Jovan wollte schon den Stein in das nächstbeste Auto schleudern und weiter ziehen. Und doch ... wie festgewachsen blieb er stehen. Warum? Er, Jovan! Warum plötzlich? „Komm mit, ich will es dir zeigen."

Wie schwer war es anfangs, sich an dieses große Instrument zu gewöhnen. Wie viel schwerer, es zu spielen. Warum Cello? Warum nicht Trommel, Trompete oder Gitarre? (E-Gitarre hätte doch viel besser zu ihm gepasst, das ist cool, Sonnenbrille auf, den Sound auf volle Lautstärke drehen. Wenn es schon sein musste. Aber nicht das da ... Cello!) Doch seltsam, er war doch immer wieder zu dem Alten gegangen. Tag um Tag. Seit jenem ersten Mal, als er dort gewesen. Widerwillig freilich zuerst nur, bockig. (Wäre er ein Mädchen gewesen, so hätte ihn ein jeder mit Fug und Recht als ‚zickig' bezeichnen können. Aber er war ja Gott sei Dank kein Mädchen. Nicht einmal in dieser für ihn wahrhaft uncoolen Szene!) Zuerst hatte der Alte ihm einen großen Teller mit irgendetwas Essbarem auf den Tisch gestellt. (Er wusste jetzt nicht mehr, was es gewesen war. Nur dass es warm gewesen war, und dies gut war bei der Kälte dort draußen. Sehr gut. Fast zu gut, um es zugeben zu können!). Dann hatte er ihm dieses Instrument in die Arme (oder besser zwischen die Beine) gedrückt, einen Bogen in die rechte Hand: „So, und jetzt spiel!" „Was?!" „Na, das da!" Blöde Ideen hatte der Alte! Aber wenn er gerade so freundlich zu ihm gewesen war ... meinetwegen. Er konnte es haben. Wie ein Messer hatte er den Bogen über die Saiten gezogen: schreiende Töne, dumpf, dunkel die tieferen, kreischend und hell die anderen. Nach ein paar Augenblicken hatte Jovan aufgehört, die vier Saiten zu quälen.

„Du musst noch üben", sagte lächelnd der Alte, „du kannst morgen wieder kommen." Mehr nicht. Dann war Jovan gegangen. Üben ... wieder kommen?! Dass er nicht lachte. Was hatte der da für komische Gedanken! Ein Mal hatte er sich von dem Alten einfangen lassen. Okay und meinetwegen. Aber nicht ein zweites Mal! Nicht für immer! Wer war er denn, dass er so etwas machte?! (Cello-Spielen, das ist doch etwas für kleine Mädchen mit weißen Rüschenkleidchen und Schleifen in den Haaren – aber nicht für ihn!) Also war er tags darauf nicht nach Koševo gegangen. Zurück in seine Welt vielmehr. Zwei Tage – er war nur noch boshafter gewesen. (Ganz so, als wollte er seine augenblickliche Blöße ungeschehen machen.) Doch am dritten Tag war er vor der Wohnung des Alten gestanden. Nicht nur wegen des warmen Essen, das ihn vielleicht dort erwarten würde ... „Ich wusste, dass du wieder kommen würdest. Komm 'rein" Mehr nicht. Sogar seine Schuhe hatte er an der Tür ausgezogen.

C-G-D-A – eine neue Welt, die den Kampf mit seiner alten aufzunehmen wagte. Üben, Tonleitern, kleine dämliche Stücke zuerst. Später waren sie besser geworden. Und am Ende durfte er immer seine eigenen Tonfolgen spielen. Ganz gleich, wie verschroben sie klangen. Sie waren ohnehin von Tag zu Tag wärmer und melodischer geworden. Tag um Tag – irgendwann hatte Jovan schließlich begonnen, im Vorübergehen keine Steine mehr aufzuklauben. War vielmehr schon am frühen Vormittag vor der Türe des Alten gestanden, hatte gewartet, war ihm manchmal sogar durch die Straßen entgegengelaufen, wenn er ihn nicht zuhause angetroffen hatte … nur um … Seltsam, hatte ihn die Musik schon so schnell gefangen? Ihm Türen geöffnet. Kleine, große, die sich in ihm durch jene stecknadelkopfgroßen runden Kreise auf fünf Linienzeilen auftaten. Komisch eigentlich, welche Kraft solch kleine, manchmal einsame, manchmal sich aber auch in wirren Knäueln zusammenrottenden und verbündenden Dinger haben! Ja, wie stark sie doch sind, wenn sie sogar ihn, Jovan, bezwingen konnten. Zähmten. (Oder waren es vielmehr dieses große, starke Instrument, der ihm gegenüber so zarte Bogen und all die tiefen, mittleren und zuweilen auch schwindelerregend hohen Töne gewesen, die seine Hände mit ihrer beider Hilfe hervorbrachten?) Monate, die ihn langsam aber mit unmerklichem Beharrungsvermögen veränderten. Weicher machten. Brrr – wie konnte er das zulassen! Er war doch kein Mädchen! Und doch hatte er es geschehen lassen. Unmerklich, irgendwie. Als wäre auch er schon so ein kleiner Notenpunkt geworden, der von jenem lustig kugeligen und doch väterlichen Kringel am Eingang der Straße bewacht lebte. Musik. Seine Musik. Was sie alles auslöste! Und schließlich hatte ihm sein Freund weitere Pforten und Tore in der Stadt, zur Welt hin geöffnet. Durchschreiten musste er sie selbst. Aber wenn er Cello spielen gelernt hatte, ganz aus sich heraus und ohne offiziellen Lehrer, dann konnte er alles schaffen! Schule (es hatte Wochen gedauert, bis er sich überreden hatte lassen, es doch wieder zu versuchen … und noch einmal Wochen, bis sich eine fand, die ihn haben wollte) – Konservatorium – die ersten Stellen in Orchestern. Konzerte in den hinteren Reihen. Reisen. Die Welt wurde ihm plötzlich viel größer, als er sie sich jemals erdacht und erträumt hatte. Seine

Solokarriere sodann. („Danke!" „Du hast dir selber zu danken!") Die Musik. Leben. Ein neues geschenktes Leben.

Und jetzt? Hier? Schon Jahre hatte er Sarajevo nicht mehr gesehen, es unbewusst vielleicht sogar ganz bewusst gemieden, hatte vielmehr neue Wege fern von kindheits-begangenen Pfaden beschritten. Vereinigte Staaten, Konzerttourneen, auch durch Europa. Die Welt ist groß. Und doch so klein. Gerade in diesen heutigen Tagen.

Langsam geht Jovan die Straßen entlang. Morgen wird er hier öffentlich spielen: Dvorak, Tschaikowsky, Saint Sains. Natürlich wird er auch Albinonis Adagio als Zugabe spielen. (Gehört dieses kleine Musikstück doch irgendwie schon genauso zu Sarajevo wie all die Wunden, die der Krieg hier geschlagen!) Sein erstes Konzert, das er hier gibt, seit er sich vor so vielen auf den Weg zum Flughafen machte (der Riemen seines Cellokastens bohrte sich in seine knochige Schulter), um fortzufliegen; weg von hier, sich die Welt zu Füßen zu legen. Diese Welt, die ihm einzig sein Freund, der alte Mann, geschenkt hatte. (Auch wenn jener felsenfest auf seiner gegenteiligen Meinung bestand und sagte: „Nein, ich habe dir nur ein wenig dabei geholfen, all die Steine um uns nicht mehr aufzuheben.")

„Sarajevo – du bist so anders geworden ... und doch so gleich geblieben. Wie soll ich es sagen: fremd ein wenig. Vertraut." Ein leichtes Gribbeln kann Jovan die ganze Zeit in sich fühlen. Laut schreiend balgen sich Jungen durch die Straßen. Große, kleine – vielleicht liegt vor ihnen ein Leben, wie es all die Jungen und Mädchen seines Alters nicht kannten. Sarajevo lebt. Unsichtbare Fäden, die es über alle Gräben hinweg zusammenhalten, zugleich aber auch trennen und mit erstaunlicher Anpassungskraft durch das Tagesalltagsdickicht führen. Irgendwie ... irgendwie wird es immer weitergehen. Mag auch ein Außenstehender (wie Jovan jetzt?) seine tiefen Zweifel hegen. Es geht. Und doch: Wie viele Steine noch immer auf den Straßen liegen. Sichtbar. (Den Unachtsamen laden sie ein, auch heute noch über sie zu stolpern. Oder verborgen in den Köpfen der Menschen, die hier, die anderswo leben. Heb' sie nicht auf, wirf sie nicht. Sie sind dafür da, um Neues zu bauen!

Immer langsamer geht Jovan durch die Straßen. Links, rechts. Nicht nur ein Mal bleibt er stehen. Blickt sich um, nickt unmerklich, schüttelt den Kopf zuweilen. Erinnert sich. An vieles. Etliches muss er jedoch zuerst aus tiefen Erinnerungshöhlen hervorschälen. Oft will er es, doch manches möchte er lieber nie mehr vor seinem inneren Auge sehen. Erinnerungen. Erst in drei Stunden muss er zur Probe erscheinen. Generalprobe. Die Kinder auf der Straße schauen, stecken die Köpfe zusammen und tuscheln. Oder bildet er sich nur ein, weil er tief in sich spürt, schon nicht mehr hierhin zu gehören? Er, Jovan ... Morgen wird er nicht auf seinen Konzertcello spielen. Auch wenn keiner versteht, worum er stattdessen auf diesem alten Cello hier spielen möchte. Dieses Mal. Den Unterschied in der Klangfülle wird er aus sich, all den Bildern heute-gestern herausholen.

Es wird sein bestes Konzert werden. Ihr müsst es hören ...

Sonate

(Allegro molto vivace): „Darf ich dich etwas fragen?" „Meinetwegen ... Drei Fragen – wie im Märchen. Okay?" „Ja." „Also los." „Merkst du denn nicht, dass ich dich die ganze Zeit anschaue?" „Doch. Weiter." „Stört es dich nicht?" „Nein, stört mich nicht. Weiter – aber Vorsicht: die letzte Frage!" „Also, jetzt scharf überlegen. Ja ... Darf ich noch weitere Fragen stellen?" „Nicht übel! Gestattet." "Wie viele?" „Oh je – keine Mengenbegrenzung. Vorerst." „Nervt es, dass ich frage?" „Weiß nicht – eigentlich nicht. Finde es sogar etwas lustig." „Warum?" „Weil es mir ein wenig Spaß macht. Weil ich gerne die Menschen beobachte, vielleicht etwas provoziere und dann schaue, wie sie reagieren." „Mhm." Pause. „Darf *ich* jetzt etwas fragen?" „Drei Fragen?" „Weniger reichen auch." „Gut." „Warum fragen Sie mich aus?" „Weil du mich interessierst." „Warum?" „Weil du mir irgendwie gefällst." „Aha. Wissen Sie, wie man so etwas nennt?" „Kann es mir vorstellen. Stört es dich?" „Was? Das Fragen?" „Nein – das Andere." „Ach was – es berührt mich nicht." „Warum?" „Weil!" „Ende der Fragen-Flatline?" „Vielleicht." „Eine letzte Frage?" „Meinetwegen. Wenn es sein muss." „Wie heißt du?" „Ul'jana." „Komischer Name." „Kann nichts dafür. Ul'ja ist einfacher. ... Und du?" „Konstantin." Aber da hatte er auch gleich aussteigen müssen. „Weitere Fragen verschoben." „Gleicher Ort – gleiche Zeit?" „Abgemacht: Gleicher Ort – gleiche Zeit." Und die U-Bahn-Tür hatte sich geschlossen.

(Andante): „Bist du so cool wie du auftrittst oder spielst du es nur?" „Jetzt wirst du persönlich, Kostja." „Was war vorher? Also?" „Antwort verweigert?" „Antwort gegeben." „Bingo." „Reprise: Du gefällst mir." „Da capo (al fine)." „Musik?" „Ja." „Was?" „Ein Streichinstrument. Früher. Jetzt nicht mehr." „Weshalb nicht mehr?" „Weil mir ein Klavier weggelaufen ist."

„Auf vier Rädern?" „Nein – auf zwei." „Wohin?" „Irgendwohin. Nein nicht irgendwohin." „Wohin dann?" „Du fragst sehr viel." „Es interessiert mich eben." „Warum?" „Weil!." „Aha. Nicht rot werden!" „Werde ich das?" „Weiß nicht. Kann es mir aber gut vorstellen." „Was? Das Rotwerden?" „Nein. Auch wenn es sicher spannend wäre ..." „Was dann?" „Was in deinem Kopf jetzt vorgehen könnte." „Und was geht dort vor?" „Woher soll ich das wissen. *Du* müsstest es wissen. *Ich* stelle es mir nur vor." „Wiederholungszeichen: Was stellst du dir vor?" „Schwer zu sagen. Sprache sind Bilder, Ausdruck von Bildern, die herumgeistern in dir und mir." „Sehr kompliziert irgendwie. Bitte etwas konkreter." „Du bist wissbegierig." „Stört es?" „Nein." „Also – Antwort bitte." „Mhm. Ich stelle mir vor, wie du dir jetzt mich vorstellst. Und das ist ziemlich komisch." „Komisch? Warum komisch?" „Weiß nicht – oder vielleicht schon." „Was jetzt: ja oder nein, schwarz oder weiß?" „Schwarz – oder stopp: weiß." „Was soll das jetzt?" „Nichts. Übrigens, musst du gleich aussteigen." „Fortsetzung folgt?" „Wenn gewünscht."

(Largetto): „Ich habe mich schon die ganze Zeit gefreut dich wieder zu sehen." „Das war keine Frage!" „Eine Feststellung." „Also?" „Mhm. Merkst du, dass ich mich freue dich wieder zu sehen?" „Ja. Und weiter?" „Was weiter?" „Frage zurückgeworfen." „Aha. Verstehe. Also?" „Nichts weiter." „Weshalb?" „Weil es für mich kein weiter gibt." „Warum?" „Weil ... eben weil!" „Genauere Antwort möglich?" „Nein – jetzt nicht." „Gut. Anderes Fragenregister erlaubt?" „Meinetwegen. Wenn der Zeitrahmen es zulässt." „Woher kommst du eigentlich?" „Auf diese Frage habe ich schon lange gewartet." „Warum?" „Weil sie normalerweise als eine der ersten gestellt wird." „Also?" „Von daheim." „Gut. Genauere Ortsbeschreibung möglich?" „Land oder Ort?" „Land reicht." „Vorerst?" „Vielleicht. Also: Land?" „Russland." „Genauer?" „Dem Osten – ziemlich weit weg." „Hinter den sieben

Bergen?" „Vielleicht. Aber ohne Zwerge." „Verstehe." „Wirklich?" „Nein." Pause. „Nächste Frage?" „Auf morgen verschoben." „Gut – auf morgen."

(Allegro pio lento) „Ein Zwerg ..." „Frage oder Feststellung?" „Frage. Also?" „Einer." „Wo?" „Hier." „Wo hier?" „Ganz tief in mir." „Und weiter?" „Nichts weiter." „In Ordnung." Pause. „Darfst weiterfragen, Kostja. Wenn du willst." „Feststellung?" „Nein. Berechtigungsschein. Bedarf?" „Ja." „Also?" „Virtuell?" „Was? Ach ja: ja, nein, vielleicht. Doch – wenn du es so siehst schon. Leider." „Warum leider?" „Weil es schöner wäre, wenn nicht." „Was nicht? Virtuell?" „Vielleicht. ... Weil es dann real wäre (oder sein könnte) ... und nicht." „Klavier mit vier Rädern?" „Oder mit zwei Beinen." Pause. „Warum fragst du mich eigentlich immer aus?" „Schon einmal gesagt: Weil du mich interessierst. Weil ich dich irgendwie mag. Weil ich mehr über dich wissen will. Weil du nur auf Fragen von dir erzählst und nicht von dir aus." „Ziemlich mühsames Verfahren – nicht?" „Das hast du gesagt. Aber eigentlich auch ganz lustig." „Lustig? Was ist daran denn lustig?" „Das Verfahren vielleicht." „Aha – mehr nicht?" „Nein – nicht mehr." „Gut." Eine Pause, vielleicht eine halbe U-Bahn-Station-Distanz lang. „Du, Kolja: Weißt du, was ein geteiltes Herz ist?" „Kann es mir vorstellen. Vielleicht. Um ehrlich zu sein – nein. Erklärst du es mir?"

Da hatte Ul'ja zu erklären begonnen, so gut sie es konnte; hatte dabei gar nicht bemerkt, dass sie intuitiv gemeinsam mit Konstantin an schon bekannter U-Bahnstation ausgestiegen war, sie beide schon so lange auf dem Bahnsteig standen und Kostja ihr zuhörte.

„ ... Verstehst du jetzt?" „Vielleicht – ein wenig mehr." „Wie ein Knoten ist es, den ich nicht auflösen kann, schlimmer noch: von dem ich überzeugt bin, ihn nicht auflösen zu dürfen. ... Nun ja – so ist es halt. ... Hat auch seine Vorteile." „Wie meinst du das?" „Na ja – um ganz ehrlich zu sein: So ganz normal ist das nicht, was wir hier seit Tagen machen!" „Findest du?" „Ja – finde ich. Ich für meine Person käme mir bei allem entweder ziemlich veralbert vor oder ..." „ ... belästigt." „Vielleicht." „Und so?" „So brauche ich mir keine Gedanken zu machen: ein Spiel." „Ein Spiel? Nur ein Spiel?" „Ja." „Ein grausames, kaltes Spiel!" „Ja – vielleicht." „Ende der Fragenflatrate?" „Das hast du gesagt. Vielleicht." Da hatte sie sich umgedreht und war in die eben eingefahrene U-Bahn eingestiegen, nicht ohne zu sagen: „Aber danke. Tut gut zu reden." „Bis morgen?" „Morgen ist Samstag." Und die Tür hatte sich geschlossen.

... oder für immer schweigen

Ich weiß, Amir wird zu ihnen gehen und alle Schuld auf sich nehmen: Dass er seine Freundin dazu angestachelt, ja erpresst hat, bei allem mitzumachen. Dass sie nur ein dummes, leicht zu beeinflussendes Mädchen ist, das nichts von Politik versteht (ein Mädchen eben!) und zu allem nur ja und Amen sagt, wenn andere es wollen. Dass ... Reden um Reden. Doch sein Gegenüber wird nur gelangweilt in großen Papierstapeln blättern, ohne auch nur ansatzweise zuzuhören. Und so wird Amirs Verzweiflungsschuss zu einem Rohrkrepierer werden. Wenn es denn gut geht. Wenn nicht? Dann werden sie beide auf ihrem Scheiterhaufen enden. Delacroix, geht es mir durch den Kopf, nein, nicht jenes berühmte Bild, das Fatia kürzlich über ihr Bett hängte und mit dem sie sich schon viel zu sehr identifizierte: die Freiheit stürmt voran. Fatia. Ich habe sie so im Fernsehen gesehen – ohne Kopftuch und mit offenen, hennarot gefärbten Haaren (nur ein Stirnband schützte ihr Gesicht vor den wirren Strähnen), ein Megaphon in der Hand ... Gestern noch, oder war es am Freitag gewesen? Und jetzt? Fast panisch lege ich mein Handy zur Seite, drehe das Radio auf, starre aus dem Fenster. *Sie haben Fatia mitgenommen.* Mehr kann ich nicht sagen ... Auch wenn ich mir schon seit Stunden die Finger wund telefoniere ... Cut. (Oder schon Filmriss?) ...

„Wir müssen etwas unternehmen", hat Amir gerade gesagt, „... für sie auf die Straße gehen, sie finden, sie da raus bekommen! Sie müssen merken, dass sie uns nicht klein kriegen. Gerade jetzt!" Ich schweige, Amir überhört meine Zweifel: „Ich hole dich ab, okay?" In Sekundenbruchteilen drückte ich die rote Telefontaste. Sieben fünfundvierzig sehe ich noch kurz auf dem Display aufleuchten. Stille. Fatias

Freund wird meinen, dass die Verbindung abgebrochen ist, es noch einmal versuchen, oder gleich so losfahren. Vielleicht wird er aber auch gar nicht zu mir kommen. (Ob das nicht besser wäre?) ... Ein flaues Gefühl, das sich in mir festkrallt: Amir, Fatia, ich ... ‚Wir müssen etwas für sie tun'. Amirs Worte klingen wie eine Endlosschleife in mir weiter: ‚etwas tun ... tun ... tun ...' Erschöpft lasse ich mich auf das Sofa fallen, ziehe die Beine zu mir, obwohl ich noch Schuhe an habe, frage mich: Soll ich da wirklich mitmachen? Ich? Jetzt? Wozu? Wer weiß denn, ob dies Fatia nicht noch mehr schaden würde?! Immer neue Fragen, die sich in meinem Kopf herumdrehen. Alles ist Ungewiss. Antworten kann mir im Moment keiner geben (Vielleicht ist sie ja auch schon wieder frei und hat sich nur noch nicht gemeldet. Sicher haben sie ihr dort das Handy abgenommen.) Ja – nein – neinja – janein. Was soll ich bloß machen? Verunsicherung pur. Oder ist das eine Ausrede? Eine Rechtfertigung dafür, dass ich auch jetzt noch tatenlos schweige. Bequemlichkeit! Oder einzig und allein der Wunsch, jeglichem Konflikt aus dem Weg zu gehen. Gerade jetzt. Keine Schererein mit ihnen zu haben. Keine Probleme. Sich auch jetzt noch vor der Realität zu verstecken. Wie damals vor drei Monaten schon, als Fatia mich auf dem Heimweg von der Uni fragte, ob ich nicht bei ihnen mitmachen wolle? Natürlich bin ich darauf nicht eingegangen. („Das bringt doch eh nichts, außer Ärger!" „Du wirst schon sehen ... also, was ist?" „Da würden doch alle nur sagen: ‚Du schau mal, da macht ja eine halbe Mädchenclique mit! Was die beiden da wollen?', versuchte ich mich aus dem Verkehr und Fatias Ansinnen ins Lächerliche zu ziehen. Sie war beleidigt gewesen. Einerlei.) Wegschauen, Augen und Ohren verschließen ... in einer scheinbar noch immer heilen Welt verharren. Sogar jetzt noch, wo Fatia meine Stimme bräuchte. Auch wenn es nach Menschenermessen nichts bringen würde, jetzt und für sie auf die Straße zu gehen. Wozu auch, flüstern leise Zweifelstimmen – bin es doch nicht ich, die diesen sinnlosen Kampf aufgenommen hatte. Gegen sie, gegen die man nur verlieren kann. Untergehen. Wie all jene, für die Fatia ihre Stimme erheben zu müssen glaubte. „Uns alle!", wie sie einmal sagte. Nur ich habe damals nicht verstanden, dass ich die nächste sein werde – nicht jetzt, morgen –, wenn ich heute schweige, mich ducke, die Augen verschließe. (Oder schlimmer noch, alles halb so schlimm und gut mir rede.) Appeasement im alltäglichen Leben. Eine Scheuklappensonnenbrille tragen, bis sie sie mir heute Nacht von den Augen rissen, ich endlich zu verstehe beginne (weil es plötzlich jemanden betrifft, den ich kenne?) ... und mich trotzdem immer noch nicht traue, mich für sie und ihre Sache einzubringen. Unsere. Warum? Weil ich Angst habe, selbst in ihr Visier zu geraten, wenn ich jetzt nicht schweige? (Ich stelle mir vor: kleine Nadelstiche zunächst, die trotzdem brennen ... Fragen, harmlos an sich – und doch: Ich soll fühlen, dass sie ein Auge auf mich werfen. Unwillkürlich beginnst du nachzudenken: über dich, was sie interessieren könnte, Schritt eins, wenig später überlegst du, wie du dein Leben ändern solltest. Gewisse Dinge vermeiden, die du bislang wie selbstverständlich tatest – in dieses Café gehen zum Beispiel, in das auch viele Oppositionelle gehen. Obgleich ich mich doch bis heute überhaupt nicht dafür interessiert hatte, dass Fatias neue Freunde sich dort nach der Arbeit treffen. Aber jetzt? Könnten sie es nicht in ihrem Sinne auslegen?! Mit wem lieber nicht mehr telefonieren? Und wenn, was soll ich jetzt besser nicht sagen? Gewisse Freunde auf facebook – wäre es nicht besser, sie künftig nicht mehr als ‚Freunde' zu führen? Oder ist es jetzt schon gefährlich, sie verleugnen zu wollen? Gedankenspiralen der Angst, die meine Gehirnbahnen durchziehen. Ich weiß: Sie haben schon fast gewonnen, wenn ich so zu denken beginne; haben die Schlaufe um mich gelegt, um sie genau in dem Moment zuziehen zu können, wenn sie es wollen. Ich weiß ... Mehr gibt es nicht zu sagen!. Und doch: Darf ich denn jetzt noch teilnahmslos bleiben, mit den Schultern zucken, als wäre gar nichts geschehen? Fatia, das Mädchen genau vom Balkon im Wohnblock gegenüber; immer sind wir uns gegenüber gestanden, wenn wir auf den Balkon gehen durften, haben uns zugewinkt; erst in die Schule gekommen, konnten wir zum ersten Mal miteinander sprechen, sind gleich vom ersten Tag immer nebeneinander gesessen, ein Schulleben lang, der Weg nach Hause war ja fast der Gleiche, hatten unsere kleinen und top-secret-Geheimnisse gehabt, die wir mit niemandem teilten. Die Freunde später auch, in die wir uns nicht nur einmal gleichzeitig verliebten. Miteinander lachen und weinen, quatschen und reden (wie es eben alle Mädchen in diesem Alter mit ihren besten Freundinnen tun), sich zoffen und gleich darauf wieder blind verstehen. Fatia – ich. Alles andere um uns schien nur Nebensache zu sein, mit der wir uns so, wie es halt sein musste, arrangierten. Manchmal auch nicht. Aber solche Fälle waren eigentlich nicht mehr als Bagatellen geblieben. Zwei Fische, die sich geschmeidig in ihrem halbautoritärem Aquarium tummelten und manchmal, war es ihnen zu eng, mittels Weltnetz das richtige Leben zu sich hinüberzogen. Eine zweite Welt, in die wir uns hinübersurften, uns in ihr aufhielten, Freunde abroad, die uns das gelenkte Dasein daheim zu ersetzen schienen. Mehr war nicht nötig gewesen. Zwei Studentinnen, die die Regeln in diesem unseren Land zu beherrschen schienen, sie anwendeten, souverän ausspielten. Ohne nach dem Warum zu fragen. (Oder wenn, ohne Konsequenzen aus ihren Zweifeln zu ziehen.) Nur nicht auffallen und sich seine nahe und ferne Zukunft verbauen. Mit den Fischströmen schwimmen. Fast alles ist möglich, hältst du dich an die Regeln! Doch dann ist Fatia plötzlich aus diesem unseren Dämmerhalbschlaf aufgewacht. (Wann genau und warum, das kann ich nicht sagen. Vielleicht ist es ja auch ein längerer Entwicklungsprozess gewesen, den ich nur nicht bemerkte.) Hatte zu denken angefangen, wie sie es nannte, zu fragen und nach neuen Antworten zu suchen, die doch überhaupt nicht hierher passen durften. Eine andere Welt, in die sie überwechselte. (Andere Freunde, Interessen, Seiten im Netz, die jetzt beständig auf ihrem Computer liefen) Am Anfang hatte sie mich noch gefragt, ob ich mitmachen wolle: auf dem Computer Flugzettel ausdrucken oder ihren Blog

Korrektur lesen. (An ihre wirklich verrückten Ideen möchte ich gar nicht denken!) Mehr nicht. Ihr plötzlicher Eifer für diese ihre Sache war mir genauso fremd wie gefährlich erschienen. Sich immer neue Ausreden ausdenken, um sie nicht vor den Kopf zu stoßen: „Mein Drucker ist kaputt! Mein Freund kann ihn erst morgen reparieren ... Du weißt doch, im Diktat war ich immer die Schlechteste ... ich würde die Hälfte aller Fehler übersehen!" „Darauf kommt es gar nicht an. Nur, ob du meinst, dass die Texte überhaupt gehen." „Ich habe keine Zeit, sorry, die Prüfung nächsten Montag – ich muss sie bestehen!" „Verstehe ..." Natürlich sind die Texte und Bilder auch ohne mich im Weltnetz angekommen; all die Flugblätter auch, die sie später auf die Fahrräder vor der Uni klemmten; die täglichen facebook-Einträge, die ich mich schon bald nicht mehr zu lesen traute. Sich ducken, wegschauen, Fatia aus dem Weg gehen, wenn wir uns zufällig doch einmal trafen. Wir hatten uns ohnehin schon nichts mehr zu sagen, ohne in Streit zu geraten. Zwei getrennte Welten, in denen wir jetzt zu leben schienen: meine vertraute, enge Welt mit all ihren gewohnten Wegen und Einschränkungen, an die ich mich schon gewöhnt hatte: nicht auffallen, nicht mehr erwarten, als sie uns gewähren. Zufrieden sein. Oder zumindest nicht lauthals aufbegehren. Bequem nur nach Innen leben. Meine Welt. Eigentlich ist sie doch auch ganz praktisch gewesen. Sich arrangieren. Fatia konnte dagegen nur noch Nein und Widerstand schreien ... Eingefahrene Meinungen, getrennte Wege. Ein Riss, der sich nicht nur zwischen uns beiden auftat und immer mehr vertiefte. Irgendwie schien alles in Bewegung geraten. Ein leises Rumoren, das auch ich schon spürte, ohne es hören zu wollen. Es ist, wie es ist. So ist es schon immer gewesen. Punkt. Es wird sich nichts ändern. Anderswo vielleicht, meinetwegen. Nur hier nicht! Ruhig Blut – wir sind nicht in Tunesien! (Auch wenn so Leute wie Fatia meinen, sie müssten das Unterste zum Obersten und das Oberste zum Untersten drehen!) Doch plötzlich können sogar wir Zauderer und Zweifler einen Hauch von „wind of change" wahrnehmen. Fatia mittendrin. (Schien jetzt wirklich ihre Saat aufzugehen?) Demonstrationen, die nun auch schon durch unsere Stadt ziehen, ihre Botschaften in die Welt hinausschreien. Natürlich bin ich dem allen aus dem Weg gegangen. (Es kann ja gar nicht gut gehen!) Sich auch jetzt nur kein Urteil bilden. Sich nicht in etwas hineinziehen lassen, dessen Erfolg ich mir jetzt noch viel schwerer vorstellen konnte. (Zuletzt werden sie ja ohnehin alles mit Gewalt niederschlagen!) Also besser schweigen, unbewusst Umwege gehen, um ja nicht ... Alles nur aus der Ferne betrachten. Fatia auch. Meine Freundin Fatia, die ich gar nicht mehr kenne! Ich habe sie noch nie so entschlossen für eine Sache eintreten gesehen, jenes Megaphon in der Hand, mit dem sie und ihre Mitstreiter all die Tage die Menschen auf den Straßen lenkte, ihnen voranging, sie genauso entschlossen wie bedacht dirigierte. Sich nicht provozieren, nicht aus der Ruhe bringen lassen. Natürlich konnte das nicht immer gelingen. Fatia, wie fremd ist sie mir plötzlich geworden. Was ist nur geschehen? Waren wir nicht einmal Freunde? Beste Freundinnen! Gewesen, vorbei. Jeder hat bekanntlich seine eigenen Ziele. Schade eigentlich. Doch da lässt sich nichts machen! Ein Schulterzucken nur. Bis ich heute Nacht Amirs Nachricht hörte, den Radio anstellte ... Auch sie ist dort gewesen, als Sicherheitskräfte und Militär die Proteste auflösten. Die Anführer haben sie mitgenommen. Fatia mit ihnen. Genaueres kann keiner uns sagen. Und jetzt? Wie weiter? Sich potenzierende Sorgen, seit ich immer neue Gerüchte höre. Horrorszenarien, in die ich mich langsam wirklich hineinsteigere. Angst auch. Meine Angst. Um wen? Fatia? Mich? (Seltsam, dass ich das sage.) Was können sie mir in die Schuhe schieben? Du, Fatia. Nichts. Oder Nichts von Belang, um mir daraus einen Strick zu drehen. Oder doch? Meine Nummer, werden sie sicher auf deinem Handy gefunden haben. Die nicht wenigen sms auch, die wir uns trotz alledem noch schrieben ... Oder hast du sie gelöscht? (Ich muss unbedingt Amir fragen!) ‚Fatia, wo bist du? Was machst, denkst, sagst du? (Oder musst du es sagen?) Warum hast du das alles gemacht ... du wusstest doch ganz genau, dass alles so kommen würde! ... hast mich mit hineingezogen. Ohne es zu wollen, gewiss. Entschuldige, wenn ich es dir jetzt vorwerfe! Haben wir doch jetzt ganz andere Sorgen!' Und doch weiß ich, auch um mich können sich jetzt die Fäden enger ziehen. Vielleicht. Wenn ich nicht schweige, nicht nach ihren Worten rede. Oder nicht? Sollte ich nicht gerade jetzt laut für dich schreien? Ich weiß es nicht ... gar nichts weiß ich mehr ... „Fatia, verdammt, warum bin ich nur so blöd gewesen?"

Es klingelt. Langsam drehe ich mich um ... Amir? Und wenn es nicht Amir ist ... Wie sich jetzt nur richtig verhalten? ... Ach, wenn doch Fatia jetzt bei mir wäre. Mir einen Rat geben könnte. Ich bin doch viel zu grün für solche Sachen! Es klingelt von neuem. Würden sie wirklich zwei Mal klingeln? Nur um mich abzuholen? Sie, von denen ich nicht einmal ahnen kann, wie sie reagieren, sobald ich die Türe öffne. Ich, hier, beginnen sie schon damit, sie mit Gewalt aufzubrechen? Wer? Oder doch nicht sie ... Amir ... Fatia ...

„Wer jetzt noch schweigt, der möge reden ... oder für immer schweigen!" Wer hat das gesagt? Ich kann mich nicht mehr erinnern. *Es sind nur acht Schritte, die mich von der Türe trennen ...*

Halima

Halima blickt mich an. Große, schwarze Augen. Immer setzt sie sich zu mir, wenn die Hubschrauber dröhnen. Die Flugzeuge. Sie die Stadt überfliegen, zurückkehren, ihre schreckliche Arbeit vollbringen. Halima muss stark sein, unwillkürlich jedoch will sie näher mir rücken. Natürlich tut sie es nicht. Ist sie doch schon ein großes Mädchen. Am liebsten würde ich meinen Arm um ihre Schulter legen. Nicht um sie zu halten. Nein, um selbst Halt bei ihr zu finden. Nicht allein zu sein ... Seltsam, dass wir uns immer abseits von den anderen setzen ... Wenn es wieder losgeht und all die Erinnerungen, die Angst, aber oft auch schon Gleichgültigkeit von neuem in uns aufflammen ...

„Wie sieht Angst aus, Sahar?" „Angst? Was stellst du nur für komische Fragen?!" „Ich möchte es wissen." Was Angst ist? Lange muss ich nachdenken. Etwas, das wir hier fast täglich erleben. Ich. Wenn draußen wieder die Kämpfe toben, und wir nicht wissen, ob wir in einer Minute überhaupt noch leben (oder schlimmer noch: Was sein wird, wenn wir das Ende überleben.) Wenn ich nachts aus meinem Dochnurhalbschlaf aufschrecke, weil mich Traumtagbilder verfolgen, mich nicht mehr loslassen, auch wenn ich dem allen doch entkommen zu sein glaubte. Wenn ... Manchmal lasse ich die Hände an mir hinabgleiten (natürlich darf es keiner hier sehen!), nur um zu fühlen, dass ich noch da bin, noch lebe; dass ich mich des Morgens vor den Spiegel stellen, mir die Haare kämmen, mein Make-up auflegen könnte. Wenn ... wenn wir noch in jener anderen, jetzt schon lichtjahreferneren Welt vergangener Tage leben würden. Angst. Wenn draußen wieder Bomben fallen, die schon einmal alles zerstörten. Erinnerungsblitze, die mich auch jetzt noch verfolgen: eine nächtliche Flucht durch Hinterhöfe, an die Wände gedrückt durch feuerscheinflackernde Straßen, 5sich im Laufen die Ohren zuhalten; wenn dich nur nicht

Lichtkegel aus den Hubschraubern verfolgen (dann fängst du unwillkürlich an, deine restliche Lebenszeit in Sekunden rückwärts zu zählen; zu rennen, irgendwohin. Noch niemals sehntest du dich mehr nach dem Dunklen.) Flucht. Auch unser Haus zerstörten die Bomben. Halimas. Was damals geschah, kann sie mir nicht erzählen. Will es nicht. Ich möchte nicht in sie dringen. Schwarze Augensonnen, die nichts von sich preisgeben. Doch hinter ihren Pupillen kann ich all ihre versteckten Worte lesen; ein Puzzle, das zusammengesetzt eine Geschichte ergibt. Ihre Geschichte. Zerbricht nicht alles in dir, wenn du plötzlich allein bist mit nicht einmal zehn Jahren? Und du viel zu gut weißt, dass es für dich keinen Raum mehr gibt, um zu hoffen, um zu träumen. Dass sie Papa mitnahmen. Und Halima allein aus dem Inferno floh, das alles Gebliebene in einer Sekunde zerstörte. Ohne Mama. Sie musste schon nicht mehr fliehen. Durfte sie es überhaupt: weg, irgendwohin? Hatte es ihr jemand erlaubt? Oder war es nur der Impuls gewesen, dem sicheren Untergang zu entrinnen. Zu leben. Weg – durch die Stadt, nur ihren kleinen Plüschhund in der Hand, von dem sie sich niemals trennte. Laufen, stürzen, sich die Füße aufschürfen, wieder aufstehen, weiterstolpern. Irgendwo hatte sie auch ihn verloren, ihn im Dunklen gesucht, nicht mehr gefunden. (War es nicht schon einerlei, ein Relikt aus einem verlorenen Leben?) Flucht. Dorthin. Zwei Tage später hatte ich ein kleines Mädchen im Wind- und Sonnenschatten einer halb eingestürzten Mauer gesehen, hatte sie angeblickt, gelesen: „Wer bist du?" „Halima." „Wo sind deine Eltern?" „Papa haben sie mitgenommen. Mama …" „Du musst nicht weiterreden." Zwei Tage. Erst am dritten war sie bereit gewesen, mit mir zu gehen: „Ich muss nicht mehr warten. Keiner wird mich jetzt noch suchen." Ein viel zu erwachsener Satz wie ein Schlussstrich. Erst dann konnte sie sich entscheiden …

„Angst ist eine Schlange, Halima, die um dich kriecht, einen versteckten Tanz mit dir aufführt, dich einkreist; wenn du nicht aufpasst, kann sie dich einschnüren, dir die Luft zum Atmen nehmen, dich mit ihrem Gift lähmen und zuletzt auch töten." Halima scheint mit meiner Antwort nicht zufrieden: „Und welche Farbe hat Angst?" Erneut staune ich über ihre Fragen: „Wieso Farbe?" „Dann kann ich sie mir besser vorstellen ..." Ich lache. Ein beleidigte Falte durchfurcht ihre Stirn: „... und besser besiegen. Verstehst du?" „Ja." Wie lange ich jetzt überlege, ehe ich weiter rede: „Angst ist rot – wie das Blut, pocht es in deinen Adern ... oder schwarz wie die Nacht, wenn sie sich wieder über uns legt ..." – zum zehnten oder elften Mal, seit wir uns hierher verkrochen, in die Dortdraußenwelt hinaushorchen, all unsere Gedanken nicht in Griff bekommen und uns nur dann herauswagen, wenn es einen Atemzug lang ruhiger geworden zu sein scheint, wir es unbedingt müssen oder einfach den Wahnsinn hier unten nicht mehr ertragen. Angst. Der kleine Junge auf der anderen Kellerseite kann schon die Hubschrauber, Flugzeuge und Panzer an ihren Motorgeräuschen unterscheiden, will es auch mir beibringen, ich winke ab: Was muss ich denn solche Dinge lernen? Angst ... Kriegsalltag ... Hassan ist eben hier gewesen. Zum ersten Mal seit so vielen Tagen, dass wir uns sehen. Müde sieht er aus, erschöpft. Irgendetwas Hartes spricht aus seinen Augen. Ein wenig fremd ist er mir geworden. Und doch huscht ein Lächeln über sein Gesicht, als er Halima neben mir sieht; gedankenverloren schüttelt er den Kopf, als sie aufstehen will, um uns allein zu lassen. Als würde er begreifen, dass wir jetzt eine kleine, große Tochter haben. Oder bin nur ich es, die nicht begreift?) Schwer liegt der MG-Riemen auf seiner Schulter, schneidet sie ein, Patronenriemen, die sich auf seiner Brust kreuzen. Sonnengegerbt seine Haut, in normalen Zeiten hätte ich ihn gerügt ob seines wilden Aussehens. Ich schweige, sehe ihn nur still an, sauge seinen herben Duft in mich ein, will ganz nah ihm sein. (Wie damals, erinnerst du dich, als wir uns heimlich in Aleppos Bazar-Hallen trafen. Wie lange das her ist?! Und doch scheint es mir, als wäre es gestern gewesen: in einer anderen Welt, die wir uns jetzt nur noch als ‚Es-war-einmal' vorstellen können.

Hassan und ich – unsere Blicke, die sich verstohlen suchen, unsere Gedanken, Wünsche. Hier darf ich ihm nur stumme Signale senden. So viele im Keller, die ihn jetzt umringen, fragen, ausfragen, seine Antworten hören wollen. Ich bin nur eine Frau ... muss Zurückhaltung üben. Nur zehn Minuten kann er bei uns bleiben. Zehn winzige Minuten. Das sind gerade einmal sechshundert Sekunden. (Wie viele sind schon vergangen, um dies zu denken?) Dann wird er wieder dorthin zurückgehen, wo Tod und Leben Hand in Hand gehen. Und mir wird nur die Erinnerung bleiben, weiße Erinnerung, Sehnsucht. Die Angst auch – um ihn, um mein Glück, um mein Leben. Hassan ...

„Sie rücken vor, langsam, Haus um Haus, um das wir kämpfen. Aber es wird ihnen nicht gelingen ..." Geflüsterte Worte, die in meine Ohren dringen. Ich will sie nicht hören. Will bei ihm sein. Mit ihm. Jetzt, morgen, übermorgen. Kannst du dir denn gar nicht vorstellen, wie es ist, hier unten zu leben? Mit all der Angst, all dem Auf und Ab der Stimmungen und Gefühle; der Ungewissheit, Hysterie auch, die viele durchleben. (Vielleicht auch bewusst kultivieren.) Tränen, Schreie, Weinkrämpfe, stilles in sich Verschwinden. Kinderlachen zuweilen auch, das die Mütter sogleich wieder in Bahnen zu lenken versuchen. (Als wäre es etwas Unschickliches, hier unten Kinderstimmen zu hören.) Auch ich versuche, ihre Angst, ihren Übermut in der Mitte zu halten, erzähle ihnen Geschichten, spiele mit ihnen all die Spiele, die ich als Kind so sehr liebte, um sie (vielleicht aber auch mich selbst) auf andere Gedanken zu bringen. (Weg von dir, Hassan, nein nicht von dir, all den Sorgen um dich, die sich wie ein Schlangengewirr um mich legen ...) Anderen zuzuhören kann Wunder vollbringen. Der alten Frau etwa, die immer auf einer Holzkiste sitzt und mit ihrer Perlenkette in den Fingern spielt. Wenn sie uns ihr Leben ausbreitet, scheint sich die Welt um Jahrhunderte zurückzudrehen. Weg vom Jetzt, in uns schon fremd gewordene Zeiten, die uns manchmal wie aus Tausend-undeiner-Nacht vorkommen. (Seltsam, wie werden es unsere Kinder erleben, wenn wir von Zweitausendfünfzehn oder früher erzählen: „Es war einmal ..." Werden wir so beginnen?)

Aber halt – sich nicht in Hirgespinsten verlieren. Hassan! Wie viele Minuten sind schon verstrichen? Ich will ihn festhalten, dich, mein Freund, Geliebter. Will es vor allen herausschreien, ehe es zu spät ist. Will dich nicht weggehen lassen. Nie mehr. Nie. Ich will keine Angst mehr haben müssen – ohne dich, uns, alle, die dort draußen für uns kämpfen. Gegen sie, die noch gestern unsere Brüder gewesen zu sein schienen. Sind, nicht sind. Wie soll ich das alles verstehen?! ... Schreie ich? Hinaus ins Nichts? Überallhin. Nirgendwohin? Ich sehe Halima ihren Zeigefinger auf die Lippen legen, verstehe, schweige, sinke stumm in mich zusammen. Laute Stimmen, die um mich reden. Ich kann ihre Worte nicht verstehen. Keiner, der mir zuhörte, hätte zuhören wollen. Zu oft schon, dass irgendjemandem die Nerven durchgehen. Ihn mit sich reißen. Es wird vergehen. Auch dies. Halima rückt noch ein wenig näher an mich heran, sieht mich an: ruhig, beruhigend, viel zu erwachsen für ihr so kurzes Leben: „Weinen macht es nur schlimmer." „Was?" „Alles." Habe ich Halima schon jemals weinen sehen? Seit jenem Augenblick, in dem wir uns ein erstes Mal begegneten. Seltsam, manchmal frage ich mich: Können Tränen versiegen? Oder hat jeder Mensch nur ein festgesetztes Quantum an Tränen, das er ausschöpfen kann und nicht weiter? Halima. Ich möchte sie fragen. Vielleicht kann sie mir die Antwort geben. Erzählen. Alles, worüber sie jetzt beharrlich schweigt. Später. Wenn wir wieder allein sind, wenn wir alles hinter uns haben ...

Hassan und seine Freunde haben Wasser gebracht, Brot. Wir müssen also die nächsten zwei Tage nicht auf die Straße hinausgehen, unser Leben in die Waagschale werfen, nur um vor dem einzigen Brotladen anzustehen, der zuweilen noch offen hat, nicht wissend, ob wir diesen Gang überleben werden. Aber was wissen wir überhaupt noch vom Leben?

Nichts. Oder alles. Was wiegt noch ein Leben? Eine Gewehrkugel? Mehr nicht? (Auf dem Dach gegenüber könnte ein Heckenschütze stehen.) Oder eine Bombe, die zig Leben auf einmal zu zerstören sucht, unter sich in Trümmern begräbt oder zerfetzt – nur leere Körper, die dann zurückbleiben.) Angst ist schwarz wie das Dunkel in den Kellern: denkenzermürbend, das Schreien der Kinder und Frauen, wenn jene Angstwogen langsam wieder von uns Besitz ergreifen. Sind nicht diejenigen glücklich, die sie einfach nur lähmen?

„Wie ist sterben?" Hassan blickt mich streng an: „So etwas darfst du nicht fragen?" „Aber ich tue es trotzdem." Er schweigt. Einen Augenblick: „Ich weiß es nicht. Du sollst es nicht denken!" Nervös spielt seine Hand mit den Patronenriemen. Ich möchte ihn fragen, dies fragen, es geht mir nicht aus dem Kopf; seit Tagen schon; seit er bei der Freien Armee ist, Wochen; fragen, nicht fragen; sich vorstellen, nicht vorstellen … Wäre es leichter für ihn, könnte ich all sein Erleben mit ihm gemeinsam erleben? (Oder will er lieber damit allein sein? Nur damit?) Ich schweige. Darüber. Über alles. Ich will ihn nicht quälen. Zehn Minuten. Schon geben die anderen das Aufbruchszeichen. Ich möchte ihn halten; festhalten; bei mir, ihm von neuen zuschreien: „Ich brauche dich … ich … bei mir. Ich halte es nicht mehr aus, habe Angst; Angst: vor dem Jetzt, dem Morgen, der Sinnlosigkeit; allem hier … Was passiert mit uns beiden?!" Schreien, weinen. Warum muss er gehen, mich wieder allein lassen? Warum? Warum muss all das Kämpfen sein? Warum können wir nicht in Frieden leben! Natürlich tue ich es nicht. Lasse ihn gehen: für uns, unser Land, unser aller Leben.

Hassan nickt, beugt sich zu mir hinunter – meine Finger zeichnen unser Zeichen auf seine Stirn: „Es wird dich schützen." Er lächelt, einen Augenblick, sogleich ist er wieder ernst geworden. Unser Geheimnis darf keiner hier kennen. (Irgendwann werden wir uns daran erinnern: an jenen Nachmittag, diese schreckliche Zeit, die wir unseren Kindern wohl niemals beschreiben werden können. So wie wir dieses andere Leben überhaupt noch erleben.) Vier Gestalten, die sich durch den Keller zum Ausgang hin bewegen. Wie still ist es plötzlich um uns geworden. Man könnte fast Halimas Armringe klimpern hören. Doch irgendwann werden sie wiederkehren: die Flugzeuge, Bomben, Schreie, die Panzer, das Staccato der Maschinengewehre; die Angst auch, Verzweiflung, Hoffnungslosigkeit ... Dann werde ich mich wieder in die hinterste Ecke kauern, möglichst weit weg von den anderen, die Stirn auf die Knie legen, in die Finsternis hinauslauschen, nichts und doch alles hören. Warten. Worauf? (Worauf sollte ich jetzt noch warten?) Nur Halima wird zu mir kommen, sich wie eine kleine Katze vor meinen Füßen zusammenrollen. Wie sie es immer tut in solchen Momenten. Einen sanften Druck werde ich an meinen Beinen spüren. Mehr nicht ... Halima ...

Hassan winkt mir im Gehen noch einmal zu. Eine Handbewegung, wie wir sie aus all den unzähligen französischen Filmen kennen, die wir einstens Tag um Tag im Kino sahen. Wie komisch jedoch in solch absurden Zeiten ... „Du musst jetzt stark sein, Sahar. Wir." Ich lächle zurück. Ein aufgesetztes Lachen gewiss. Nein, meine Tränen soll er nicht sehen. Halima drückt sich sogleich ein wenig näher an meine Seite. Große schwarze Augen, die mich ansehen, mich halten. „Ich schicke dir einen Engel", sagte Hassan, als er mich hierher brachte, „dann bist du nicht so allein." „Aber ohne Flügel! Sonst wird er gleich wegfliegen." Damals konnte ich nicht verstehen. Wie viele Tage mussten seitdem vergehen: eintönige, dumpfe Tage, die sich wie Perlen aneinander reihen und doch immer auch vereinzelte Lichtpunkte für uns bereit zu halten scheinen: das verschmitzte Lachen etwa, wenn der kleine Rahim wieder zu mir hintrippelt, um sich ein Bonbon zu erbetteln; ein Sonnenstrahl, der sich sogar hierher verirrt, eine kleine weiße Straße auf den grauen Betonboden zeichnet, nur ich kann ihn sehen. Halima. „Weißt du, Sahar, Angst ist keine böse Schlange. Sie ist ein kleines Vögelchen, das sich in deinem

Kopf ein Nest baut, bald zu ihm hin, bald wieder fortfliegt. Du musst ihm nur die Möglichkeit geben, für immer wegzufliegen." „Und wie?" „Wenn es weiß: Du wirst nicht aufgeben." „Woher weißt du das?" Halima schweigt, erst nach langen Minuten will sie weiter reden: „Ich weiß, ich muss nicht mehr warten." „Wie meinst du das." In ihren Augen kann ich die beiden Antwortkapitel auch ohne alle Worte lesen: ein Tag, zwei, drei ... Sonne und Schatten, die durch Halimas plötzlich so andere Leben wanderten, ihre Arme, Finger nach ihr ausstreckten, sie in sich einschlossen und wieder gehen ließen. Flüchtige Begegnungen nur: kleine struppige Straßenhunde, die an ihr schnüffelten, vielleicht mit dem Schwanz wedelten, weiterliefen; Katzen, die sie erst gar nicht wahrzunehmen schienen; Menschen, die an ihr vorübereilten, sie vielleicht musterten (wie auch ich es tat), ein Blick, sich Gedanken machten: ein Kind, das an die Mauer gelehnt kauerte, sich Abends, wenn es kühler wurde, in eine Decke hüllte (wer hatte sie ihr gegeben?), manchmal war sie auch kurz aufgestanden, um etwas zum Trinken zu erbitten. Mehr nicht. Schon waren sie vorübergegangen. Irgendwohin, wohin ihre Wege und Ziele sie führten. Halima hatte alle abgewiesen, die sie etwas fragten, ihr helfen wollten. Hatte geschwiegen, den Kopf geschüttelt, sich weggedreht, wollte nur allein mit sich sein. Zwei lange Tage. Erst am dritten Tag wusste sie, sie könnte mit mir gehen. Weil niemand hierherkommen würde, um sie zu finden. Hierhin, an diesen Platz, an den sie sicher gekommen wären ... wenn ... wenn sie wirklich und nicht nur in Halimas Gedanken und Hoffnungen hätten kommen können. Mama – auch wenn Halima schon lange ganz tief in sich gewusst hatte, sie würde nicht mehr zu ihrer kleinen Tochter kommen. Nur mit ihr sprechen: einen Tag, an dem die Luft noch von Staub und Brandgeruch getränkt war („Nicht weinen, Halima, nur kleine Mädchen weinen über solche Sachen!"), eine Nacht sodann – ihre erste ganz alleine („Du musst keine Angst haben, Halima, große Mädchen haben keine Angst. Und du bist doch ein großes Mädchen!"), ein neuer Tag („Du musst etwas trinken,

Halima, geh an die Stelle, wo sie immer Wasser ausgeben. Sie werden auch dir etwas geben. Keine Angst, ich werde hier warten, bis du zurückkommst."), eine zweite Nacht. In ihr war Halima schon vieles vertrauter gewesen – die Schatten, vielen nächtlichen Geräusche die sie jetzt schon kannte oder bald gewiss kennen würde. („Siehst du, Halima, es ist kinderleicht, keine Angst zu haben!"). Am nächsten Morgen hatte ich sie zum ersten Mal angesprochen, war auf eine Mauer der Abweisung gestoßen. Wenigstens hatte sie das Stück Fladenbrot nicht zurückgewiesen. Erst am nächsten Morgen war sie bereit gewesen, mit mir zu gehen. („Du musst keine Angst haben, Halima, ich habe dir Sahar geschickt, sie braucht deine Hilfe.") Seit jenem Moment ist sie nicht mehr von meiner Seite gewichen. Dort, wo wir uns jetzt befinden, sie sich immer ganz fest an mich drückt, wenn wieder die Hubschrauber über uns kreisen oder draußen die Kämpfe toben. (Als wollte sie mir Mut machen … nur ganz versteckt kann ich ihre eigene Angst spüren). Im Tageslicht, wenn wir auf die Straße gehen, und Halima sich ein ums andere Mal umschaut oder verstohlen ihren Blick über die Menschengruppen wandern lässt – ich soll es nicht sehen. Schweige. Verstehe. Nur manchmal lasse ich dann meine Hand über ihre Haare gleiten. Einen Funkenmoment lang kuschelt sie sich an meine Seite, doch halt, schon ist sie wieder ein starkes Mädchen. … Ja, Hassan, du hast mir einen Engel geschickt, einen Engel mit pechschwarzen Augen, auch wenn ihm hier die Flügel fehlen. (Aber vielleicht muss das hier ja wirklich so sein, brauchen sie sie doch nicht in solchen Untiefen.) …

Welche Farbe hat Angst: schwarz, weiß, rot oder grün? Oder ist sie nur ein Papagei mit bunten Federn? Vielleicht … Und Hoffnung? Hat Hoffnung nicht eine große kleine Zwillingsschwester mit bunten Flügeln? Denn auch sie will fliegen. Werden wir uns wiedersehen, Hassan? Gemeinsam unseren Lebensweg gehen? Wo? Wann? Wir? … Halima blickt mich an … In was für einem Leben?

Inhaltsverzeichnis

Die Erzählung vom Morgenstern	5
Mondnacht	12
Irgendwie doch ...	18
Die Gleise, sie schweigen	27
Beslan	29
Augen wie das Meer	33
Sie hasste ...	40
Wegen die Musik	47
Steine – werfe sie nicht	51
Sonate	59
... oder für immer schweigen	63
Halima	70